Max von der Grün:
Späte Liebe
Erzählung

Deutscher
Taschenbuch
Verlag

dtv

Ungekürzte Ausgabe
November 1991
Deutscher Taschenbuch Verlag GmbH & Co. KG,
München
 · ISBN 3-630-61449-3
Umschlaggestaltung: Celestino Piatti
Gesamtherstellung: C. H. Beck'sche Buchdruckerei,
Nördlingen
Printed in Germany · ISBN 3-423-25061-5

Unser Leben währet siebenzig Jahre, und wenn's hoch kommt, so sind's achtzig Jahre, und wenn's köstlich gewesen ist, so ist's Mühe und Arbeit gewesen ...

90. Psalm/10

dtv großdruck

Das Buch

»Kann man sich mit siebzig eigentlich noch verlieben?« Der pensionierte Schneidermeister Wolfgang Burger und Margarete Gmeiner, Witwe eines Schuhmachermeisters, stellen verwundert fest, daß man das kann. Ihre Romanze beginnt auf dem Friedhof, wo sie seit Jahren die Gräber ihrer verstorbenen Ehepartner pflegen. Aus der zunächst flüchtigen Bekanntschaft entwickelt sich eine herzliche Freundschaft ... Max von der Grün erzählt diese Geschichte »so knapp, schlicht, wirklichkeitsnah und unprätentiös, daß man sie ihm unwillkürlich glaubt ... Diese Leute reden wie alle Leute im Ruhrgebiet, sie werden nie sentimental oder pathetisch – und der Autor erst recht nicht! –, sie streiten und sie frozzeln sich wie alle – und sie wollen, wie alle, ein kleines bißchen Glück. Das Unerhörte ist eigentlich bloß, daß sie dieses Glück auch finden, ohne diese dauernde Rücksicht darauf, was ›man‹ tut und was die ›Leute‹ sagen könnten.« (Deutsche Welle)

Der Autor

Max von der Grün wurde am 25. Mai 1926 in Bayreuth geboren, absolvierte eine kaufmännische Lehre, war Soldat und drei Jahre in amerikanischer Kriegsgefangenschaft. Von 1948 bis 1951 im Baugewerbe, von 1951 bis 1964 im Bergbau tätig, lebt er seitdem als freier Schriftsteller in Dortmund.

Seit drei Wochen hatte es nicht mehr geregnet.

Margarete Gmeiner lief seit drei Wochen täglich am späten Nachmittag zum Friedhof, die Blumen auf dem Grab ihres vor drei Jahren verstorbenen Mannes zu gießen. Sie hatte Salvien gepflanzt, Geranien und Zinnien; jeden Herbst riß sie die abgeblühten Blumen aus und setzte das Grab voll mit bunten Astern. Obwohl ihr niemand die siebzig Jahre ansah, sie wirkte wie fünfzig, fraulich und resolut zugleich, litt sie unter der Hitze. Sie verschnaufte mehrmals auf dem zwei Kilometer langen Weg von ihrer Wohnung in der Neubausiedlung am Rande der Altstadt bis zum Friedhof, sie wischte sich verstohlen, als schäme sie sich dessen, den Schweiß von Gesicht und Nacken und sah sich dabei um, ob sie von jemandem beobachtet würde.

An diesem Spätnachmittag im Juni ruhte sich die Gmeiner lange aus auf einer Bank vor der Hauptwasserstelle des Friedhofes, unter einer weitausladenden Blutbuche, und atmete schwer. Sie war noch erbost über ihre Freundin Hildegard, mit der sie sich wieder einmal gestritten hatte. Hildegard mischte sich in letzter Zeit in alles ein. Immer aufdringlicher beredete sie Margaretes Angelegenheiten, wollte alles und alles genau wissen, spielte sich auf, als sei sie zu Margaretes Vormund bestellt. Hildegard war rechthaberisch geworden und unleidlich dazu.

Seufzend erhob sich die Gmeiner und tauchte ihre große Plastikgießkanne in den Wasserbottich. Während sie sich mehrmals vergeblich mühte, die randvoll gefüllte Gießkanne aus dem Wasser zu heben, griffen zwei Hände neben ihr zu, hoben die Gießkanne heraus und stellten sie vor den Füßen der Gmeiner ab. Erstaunt sah sie auf. »So gehts leichter, Frau Gmeiner. Wenn Sie die Kanne unter dem Wasserhahn vollaufen lassen, dann geht es noch viel leichter.«

»Das schon, aber abgestandenes Wasser ist besser für die Blumen.«

»Aber bestimmt nicht für ihren Rücken, Frau Gmeiner... Mein Gott, daß man sich einmal wiedersieht.«

»Ja, ja. Ich habe Sie auch schon lange nicht mehr gesehen, eine Ewigkeit schon nicht mehr, Herr Burger. Auf dem Friedhof muß man sich wiedertreffen. Waren Sie etwa krank? Die Stadt ist wie ein Dorf, und doch trifft man sich nicht.«

Burger griff wieder die Gießkanne und lief dann schweigend neben der Gmeiner her den Hauptweg entlang und nach fünfzig Metern links ab in einen schmalen Weg, der mit Buchsbaum umwuchert war. Da waren sie auch schon am Grab. Auf dem rosafarbenen Granitstein stand zu lesen:

Albert Gmeiner
Schuhmachermeister
* 1910 † 1977

»Jetzt haben Sie meine schwere Kanne den ganzen Weg lang getragen!« rief die Gmeiner erschrocken aus. Schuldbewußt nahm sie Burger die Gießkanne ab und goß das Grab.

»Na, so alt bin ich auch wieder nicht mit meinen siebzig Lenzen«, sagte Burger und betrachtete wohlgefällig die Gmeiner bei der Arbeit. Die Frau gefiel ihm: Sie war kräftig, da ist noch alles dran, dachte er, keine Joghurtfigur, die hat alles, was eine Frau ausmacht.

»Man muß sich bekümmern, wenn das Grab nach etwas aussehen soll«, sagte die Gmeiner. »Die Hitze nimmt kein Ende. So einen Juni haben wir schon lange nicht mehr gehabt, erst Wolkenbrüche, dann Hitze.«

Sie setzte die leere Gießkanne beiseite auf den schmalen Weg und legte plötzlich die flache Hand auf ihren Mund, als hätte sie etwas Unrechtes gesagt. »Alt? Aber Herr Burger, so war es doch nicht gemeint ... Na ja«, und dabei lächelte sie, »zwanzig sind wir beide nicht mehr, und es geht alles ein wenig langsamer. Nur die Zeit läuft. Je älter man wird, desto schneller ist wieder so ein Jahr rum.«

Burger deutete auf den Grabstein: »Jetzt sind es schon drei Jahre mit Ihrem Mann. Bei meiner Frau werden es auch bald drei Jahre. Sind ja beide im selben Jahr gestorben.«

Ohne daß sie es abgesprochen hatten, begleitete die Gmeiner den Mann zum Grab seiner verstorbenen Frau, das nur drei Gevierte entfernt lag und üppig mit Veilchen bepflanzt war. Dann standen sie vor dem Grab, das keinen Grabstein hatte, nur mit grünlich schimmerndem Granit eingefaßt war.

»Das waren ihre Lieblingsblumen«, sagte Burger, »ihr Hochzeitsstrauß war ein Veilchenstrauß ... Ja, plötzlich steht man allein da und weiß nicht recht, wo man hingehört. Plötzlich war meine Frau nicht mehr da ... Jetzt habe ich die Veilchen.«

Er bückte sich, als wolle er Unkraut zupfen, aber es gab kein Unkraut zu zupfen. Der Gmeiner war, als habe der Mann feuchte Augen; vielleicht kam das auch von der schrägstehenden Sonne, deren Licht durch die breitästigen Bäume stach und blendete.

Burger rieb seine Hände aneinander, damit die Erde von den Fingern bröckelte; dann nahm er die Gießkanne der Gmeiner wieder auf. Nebeneinander spazierten sie gemächlich, den Schatten der Bäume nutzend, auf dem Hauptweg dem Portal zu. Unterwegs wusch sich Burger die Hände an einer Wasserstelle und trocknete sich mit seinem Taschentuch ab.

»Manchmal«, sagte die Gmeiner und sah dabei den Mann an ihrer Seite prüfend an, als wolle sie sich vergewissern, daß sie ja nichts Unrechtes sagte, »manchmal habe ich mit meiner Freundin Hildegard gesprochen, ich meine, das mit Ihrem Sohn damals. Hat den Krieg überstanden, die Kriegsgefangenschaft in Rußland gesund überlebt, kommt nach Hause und wird von einem Lastwagen überfahren ... Die Autos sollte man abschaffen. Dabei hätte er doch Ihre Schneiderei übernehmen können ...«

Sie waren an der Gasse, die zum Markt führte, angekommen. Beide verhielten und verschnauften, beide schwitzten, einer wollte es vor dem anderen verbergen.

»Kochen Sie noch selbst?« fragte die Gmeiner. »Ich meine, seit Ihre Frau tot ist ...«

»Anfangs schon«, antwortete Burger. »Jetzt kriege ich einmal am Tag was Warmes vom Altersheim. Das bringt mir ein junger Mann, der macht dort seinen Ersatzdienst, ein Wehrdienstverweigerer.«

»So? Wußte ich gar nicht, daß es so was gibt. Na, dann sind diese jungen Leute doch zu was nütze, sind nicht lauter Krakeeler.«

Beide liefen wieder wie selbstverständlich nebeneinander her, als hätten sie den gleichen Weg oder das gleiche Ziel. Unterwegs sagte Burger: »Mehr Kinder hätte man halt haben müssen ... Aber Sie haben ja auch nur eins, wenn ich mich recht erinnere, einen Sohn. Stimmts?«

»Ja, meinen Horst – und die Susanne, meine Enkelin. Die macht jetzt bald ihr Abitur ... Ich war damals ganz schön erschrocken, als ich vom Tod Ihrer Frau gehört habe. So plötzlich.«

Am Marktplatz zögerten beide. Burger sah zum Erker des Stadtcafés hoch, das im 1. Stock eines renovierten Fachwerkhauses lag.

»Gegen Krebs ist halt nichts zu machen. Erst weiß

man nicht, was es ist, und wenn man es weiß, dann ist es zu spät.«

Er beobachtete ein Pärchen, das sich hinter dem Erkerfenster gegenübersaß, anlachte und mit Kuchen fütterte.

»Die Rechnung für die Beerdigung damals war ganz schön happig.«

»Das wundert mich nicht, sterben ist heutzutage teuer geworden. Sagen sie mal, Herr Burger, ins Altersheim wollen Sie wohl nicht?«

Geradezu entsetzt starrte Burger die Frau an und hob abwehrend beide Hände zur Brust.

»Um Gottes willen, Frau Gmeiner, keine zehn Pferde bringen mich da hin. Solange ich noch kriechen kann, so lange bleibe ich mein eigener Herr ... Die Schneiderei habe ich aber aufgegeben. Ich arbeite nur noch so, zum Hausgebrauch. Die Rente reicht für mich.«

»Mein Gott, an was die Menschen heute alles sterben. Mein Mann hat nur einen Schnupfen gehabt, dann wars eine Lungenentzündung, und dann wars der letzte Schnaufer.«

»Ein guter Schuster war Ihr Mann, Frau Gmeiner, ein sehr guter. Ich habe zu Hause noch ein paar Stiefel, die er mir gemacht hat. Es geht doch nichts über solide Handarbeit. Was ich sagen wollte ...«

Burger straffte sich und sagte dann, was er sich auf dem Friedhof nicht getraut hatte aus Angst, die Gmeiner könnte ablehnen. Jetzt, als er die beiden jungen Leute im Erker des Cafés beobachtet hatte, platzte er heraus: »Ich wollte Sie ins Café einladen«, und er deutete hinauf zum Erker.

»Mich?« fragte die Gmeiner.

»Ist was dabei?« fragte er unsicher.

»Nein, nichts ist dabei«, erwiderte sie lachend.

»Na dann, gehn wir, auf was warten wir noch.«

Die Gmeiner lief über den Marktplatz, daß Burger Mühe hatte, ihr zu folgen. Gemeinsam betraten sie das Café und erreichten den ersten Stock in dem Augenblick, in dem das Pärchen den Erker verließ. Burger steuerte entschlossen den frei gewordenen Tisch an, von dem die Bedienung gerade das Geschirr abräumte. Die Gmeiner bestellte ein Kännchen Kaffee und ein Stück Obsttorte ohne Sahne, wegen der Figur, wie sie sagte; Burger bestellte sich eine Flasche Bier. Während sie auf die Bedienung warteten, sah sich die Gmeiner heimlich um. Ihr war mit einmal bewußt, daß sie seit Jahren nicht mehr in einem Café gesessen hatte, schon gar nicht von einem fremden Mann eingeladen worden war. Burger räusperte sich manchmal. Seine Verlegenheit suchte nach passenden Worten; er blickte auf den Marktplatz hinunter, wo sich Autofahrer auf der Suche nach einem freiwerdenden Parkplatz belauerten.

»Haben Sie die Schuhe gesehen?« fragte die Gmeiner. »Das meiste ist heutzutage aus Plastik, was die jungen Leute tragen. Mein Albert hat immer gesagt, die jungen Leute sündigen an sich selber, sie machen sich ihre Füße krank.«

Burger nickte. »Eine Zeit ist das, Qualität ist nicht mehr gefragt. Wenn man auf Qualität achtet, dann ist man altmodisch. Was der Richard ist, der mir jeden Tag das Essen bringt aus dem Altersheim, der läuft schon seit Wochen mit ausgefransten Hosen herum. Ich werde ihm nächstens mal den Saum nähen ... Ihr Sohn, Frau Gmeiner, ist doch Architekt – oder? Da hat er bestimmt längst sein eigenes Haus.«

Die Gmeiner aß ihren Kuchen etwas zu hastig. Trotzdem antwortete sie gelassen: »Hat er noch nicht fertig, das Haus. Er baut jetzt erst und wohnt noch bei den Schwiegereltern. Die haben ein großes Haus in Köln. Ich habe mich immer gewundert, daß man in so einem großen Haus überhaupt wohnen kann. Es ist auch nichts Rechtes, bei den Schwiegereltern zu wohnen. Ich misch mich zwar nicht ein, grundsätzlich nicht, aber man bekommt nebenbei so allerlei mit, auch wenn mir direkt nichts gesagt wird.«

Nicht reden wollte die Gmeiner vor fremden Leuten darüber, daß Edith, ihre Schwiegertochter, wieder als Studienrätin arbeitete, daß sie in all den Jahren nie ein besonders gutes Verhältnis zu ihrer Schwiegertochter gehabt hatte, sich auch nicht besonders darum bemühte, weil sie nie das Gefühl los wurde, sie sei ihrer Schwiegertochter zu einfach, zu ärmlich, vielleicht auch zu gewöhnlich und in ihrer

Art zu geradeheraus und daß sie ihrem Sohn Horst die Lüge immer vom Gesicht ablesen konnte, wenn er sie, selten genug, auf der Durchreise aufsuchte für zwei oder drei Stunden, beschäftigt, gehetzt, und dann das Fernbleiben der Schwiegertochter mit deren vielen Verpflichtungen entschuldigte.

»Ein Architekt muß doch ganz gut verdienen«, sagte Burger.

»Ach, an Geld fehlt es denen bestimmt nicht. Ich bin nicht oft dort gewesen in Köln, aber da stinkt es nach Geld. Wo man auch hinpackt, alles ist wertvoll und klotzig.«

Burger hatte sich verstohlen nach allen Seiten umgesehen. Er fühlte sich unsicher in einem so vornehmen Café, in dem auf allen Tischen weiße Decken lagen, sicher fühlte er sich außerhalb seiner vier Wände nur, wenn er mit seinen drei Rentnerkollegen Skat oder Doppelkopf im Wirtshaus spielte. Jetzt hätte er sich gern noch eine Flasche Bier bestellt, fürchtete aber, die Gmeiner über das Schickliche hinaus aufzuhalten.

»Und wenn sie noch so viel haben«, sagte er, »in die Ewigkeit können sie nichts mitnehmen.« Dann bestellte er sich doch noch eine Flasche Bier und schielte dabei zur Gmeiner, ob sie etwa diese zweite Flasche mißbillige.

Während er sich einschenkte, ergänzte er: »Müssen alles auf der Erde zurücklassen. Alles. Das ist die einzige Gerechtigkeit.«

»Was heißt das schon, Gerechtigkeit. Auf der Erde haben sie es wenigstens gut gehabt, und zum Weitervererben langt es allemal. Mein Gott, wenn ich an meine Rente denke. Wissen Sie, ich kriege im Monat gerade so viel, wie die in ihrem Haus in Köln im Monat vertrinken, Wein und Bier und Schnaps. Das hat mir die Susanne einmal erzählt.«

»So ist das mit der Gerechtigkeit, Frau Gmeiner«, sagte Burger. »Die Gerechtigkeit ist einfach nicht gerecht verteilt, das habe ich doch gesagt.«

Als er ausgetrunken hatte, rief er die Bedienung und bezahlte für sich und die Frau. Die Gmeiner machte nicht einmal den Versuch eines Protestes. Im Gegenteil, sie genoß es sichtlich, von einem Mann eingeladen worden zu sein, und vergaß sogar, sich für diese Einladung zu bedanken.

Auf der Treppe hinab benahm sich Burger, wie er es als Kavalier gelernt hatte. Aufwärts hatte er der Gmeiner den Vortritt gelassen, jetzt stieg er zwei Stufen voraus die Treppe hinunter.

Auf dem Marktplatz wußten beide nicht so recht, was sie nun sagen, was sie nun tun sollten, bis schließlich die Gmeiner zur Kanalgasse wies: »Ich muß da lang.«

»Richtig, Sie wohnen ja jetzt in der neuen Siedlung.«

»Das ist bequemer, Herr Burger. Mit allem. Als mein Mann noch lebte, war es nicht so tragisch mit dem Haushalt. Wir konnten uns die Arbeit teilen.

Nach dem Tod meines Mannes bin ich in die Siedlung gezogen, zweieinhalb Zimmer Neubau. Die Wohnung hat mir meine Freundin Hildegard vermittelt, sie wohnt mir nun auf dem gleichen Flur gegenüber. Das ist schon ganz gut, man hat immerhin einen Menschen in der Nähe, mit dem man sich an langen Abenden unterhalten, mit dem man Spaziergänge unternehmen kann. Nur zum Friedhof geht Hildegard nicht mit. Sie weigert sich ganz entschieden, mit auf den Friedhof zu laufen. Dahin kommt sie noch früh genug, sagt sie, sie haßt Friedhöfe geradezu. Aber sie hilft mir beim Fensterputzen und beim Treppenhauswischen. In einem Neubau ist eben alles leichter und praktischer. Jaja, wenn man älter wird, dann geht es nicht mehr so leicht von der Hand. Da braucht man Hilfe, da wird man auf andere angewiesen.«

»Vielleicht trifft man sich mal wieder«, sagte Burger.

»Ganz bestimmt. Wenn das Wetter so bleibt, gehe ich jeden Tag um die gleiche Zeit zum Friedhof ... Na dann.«

»Na dann«, antwortete Burger.

Die Gmeiner ging mit festen Schritten über den Marktplatz. Am Ende des Platzes, bevor sie in die Kanalgasse einbog, die direkt zur Siedlung führte, drehte sich die Gmeiner noch einmal um.

Burger stand noch an der gleichen Stelle und sah ihr nach. Er winkte nicht, deshalb winkte sie auch nicht.

Kurz vor der Siedlung war sich Margarete Gmeiner plötzlich darüber klargeworden, daß sie den ganzen Weg vom Marktplatz bis hierher gehastet, sogar manchmal gerannt war, als hätte sie sich pünktlich zu einer Verabredung einfinden müssen; als ihr das bewußt geworden war, hielt sie sich am Stützpfosten eines Gartenzaunes fest. Sie atmete schwer und röchelnd. Erst nach fünf Minuten Verschnaufpause ging sie weiter, langsam, schlurfend, und je näher sie ihrer Wohnung kam, desto öfter ruhte sie sich aus – nicht, weil sie zu ermüdet gewesen wäre, nein, sie hatte Angst, Angst vor Hildegards Fragen. Das war es.

Allein schon der Gedanke an Hildegards fragende Augen beunruhigte sie. Sie zitterte geradezu, als sie vor ihrer Wohnung anlangte und Hildegards Gesicht hinter den Scheibengardinen bemerkte; sie wußte, daß Hildegard die ganze Zeit auf sie gewartet hatte. Die Gmeiner gab sich einen Ruck, als wolle sie etwas abschütteln. Dann schritt sie energisch zum Haus und schloß geräuschvoll die Haustür auf. Die Gießkanne ließ sie im Treppenhaus stehen.

Als sie wenig später den Schlüssel in die Wohnungstür steckte, öffnete sich die gegenüberliegende Tür, und Hildegard fragte lauernd: »Kommst heute aber spät, Gretl.« Sie blickte auf ihre Armbanduhr und streckte den Arm mit der Uhr der Gmeiner entgegen: »Anderthalb Stunden bist über die Zeit. Wo warst denn so lange?«

»Friedhof«, antwortete die Gmeiner unwirsch.

»Friedhof, natürlich, daß ich da nicht von selber draufgekommen bin. Heutzutage wird nicht nur alles teurer, auch die Wege werden immer länger... Schau erst mal in deinen Briefkasten, der Postbote hat heute morgen was reingeworfen. Ich hab vergessen, dir das am Vormittag zu sagen.«

»Du erstickst noch mal an deiner Neugierde«, sagte die Gmeiner, rannte aber gleich aufgeregt die drei Stufen zur Haustür hinunter und entnahm dem Briefkasten eine bunte Ansichtskarte. Umständlich setzte die Gmeiner ihre Brille auf, die sie fahrig aus der Handtasche und dann aus dem Futteral genommen hatte; Hildegard war schon hinter sie getreten und hatte die Karte mitgelesen.

»Na, was schreibt denn die Susanne?« fragte sie scheinheilig.

»Sie ist mit ihrer Klasse in Paris auf einem Schulausflug.«

»In Paris?« rief Hildegard. »Mein Gott, Gretl, wo die Kinder heutzutage überall hinkommen.«

»Kinder, Kinder!« rief die Gmeiner heftiger, als sie wollte. »Meine Susanne wird bald achtzehn.«

»Als ob man da kein Kind mehr wäre. Hast du selber immer gesagt, ich wiederhole nur deine eigenen Worte. Und dann – Paris! Ein Sündenpfuhl.«

In ihrem Wohnzimmer ließ sich die Gmeiner auf die Couch fallen. Im Sitzen erst spürte sie ihre müden Beine, die Füße waren ihr schwer geworden und leicht angeschwollen. Mit beiden Händen hielt sie die Karte ihrer Enkelin weit von sich weg und sah wohlgefällig auf das bunte Stadtbild, in dessen Hintergrund der Eiffelturm zu sehen war. Wehmütig fast sagte sie: »Als ich so alt war wie die Susanne, habe ich immer gehofft, einmal nach Paris zu kommen. Schön muß es da sein. Schau dir das nur an, überall rote Dächer.«

Sie schob die Karte über den Tisch, riß sie aber sofort wieder an sich, als ständen Worte auf der Karte, die von Unberufenen nicht gelesen werden durften.

»Den Brief vom Herrn Architekten hast du aber noch nicht gelesen, hast ihn nicht mal aufgemacht«, sagte Hildegard lauernd.

Die Gmeiner schrak auf. Der Brief ihres Sohnes lag seit gestern ungeöffnet auf der Blumenbank, und die Gmeiner hätte nicht mal zu sagen gewußt, wäre sie danach gefragt worden, warum sie ihn bislang nicht geöffnet hatte.

»Ich mach uns erst mal einen Kaffee, derweil kannst den Brief vom Herrn Architekten lesen«, sagte Hildegard.

»Mach ihn bitte nicht wieder zu stark, denk an mein Herz.«

Hildegard stemmte die Fäuste in ihre Hüften und plusterte sich auf: »Herz, daß ich nicht lache. Rennst doch sonst die höchsten Berge rauf.«

»Kaffee ist kein Berg, und jetzt hau ab«, erwiderte

die Gmeiner und öffnete den Brief ihres Sohnes mit einer Haarnadel. Während des Lesens veränderte sie ihre Haltung nicht; deshalb war es für Hildegard unmöglich, mitzulesen. Auch von der Küche aus, aus der Hildegard neugierig herausschielte, nahm sie nicht die geringste Veränderung auf dem Gesicht ihrer Freundin wahr, von der sie vielleicht Rückschlüsse auf den Inhalt des Briefes hätte ziehen können.

Während Hildegard den Kaffee aus der Küche ins Wohnzimmer trug, legte die Gmeiner den Brief wie achtlos auf den Tisch zurück. Noch ehe ihre Freundin die Tassen verteilte, griff sie nach dem Brief, aber die Gmeiner riß ihn sofort wieder an sich.

»Stell dich doch nicht so an!« rief Hildegard. »Ich erfahre ja doch, was drin steht... Was schreibt er denn, der Herr Architekt?«

»Er wird in nächster Zeit vorbeikommen. Er hat in Bielefeld zu tun, ist dann mal wieder auf der Durchreise... Und sag nicht immer Herr Architekt, Herrgottnochmal. Er heißt Horst, ich hab es dir schon tausendmal gesagt. Schließlich hast du ihn mal trockengelegt und seine Windeln gewechselt, wenn es auch schon eine Ewigkeit her ist.«

»Es geschehen noch Zeichen und Wunder. Wie lange war er denn schon nicht mehr hier? Vier Monate? Fünf Monate? Jedenfalls auch eine Ewigkeit.«

Die Gmeiner trank einen Schluck Kaffee und setzte sofort heftig die Tasse ab, als habe sie sich den Mund verbrannt.

»Ich hab dir doch gesagt, mach ihn nicht so stark. Das haut ja ein Pferd um.«

»Pferd schon, dich nicht.«

Hildegard goß sich Dosenmilch in den Kaffee und rührte aufreizend langsam und lange den Löffel in der Tasse herum.

»Willst eigentlich den Kaffee zu Butter rühren?« fragte die Gmeiner. »Und was heißt hier Zeichen und Wunder. Mein Horst hat schließlich seine Arbeit, wer heute was werden will, der muß sich abstrampeln.«

»Dann soll doch die Edith wieder arbeiten gehen, dann braucht der Horst sich nicht so abstrampeln.«

»Tut sie doch schon lange«, erwiderte die Gmeiner und ärgerte sich über Hildegards Hartnäckigkeit.

»So? Tut sie schon lange? Hast mir aber nichts davon erzählt.«

»Nicht? Dann habe ich es eben vergessen.«

»Vergißt aber viel in letzter Zeit ... Hast bestimmt auch vergessen, daß du erst vor zwei Stunden Kaffee getrunken hast, im Altstadtcafé.«

Margarete Gmeiner wandte sich von Hildegard ab; plötzlich fürchtete sie sich wieder vor deren Neugierde. Ihr war, als sei sie über und über rot geworden, so brannte ihr Gesicht.

»Spionierst du mir nach?« fragte sie hastig und begann gleich darauf, unsinnige Dinge zu tun, Blumentöpfe hin und her zu rücken, die Pflanzen zu gießen, obwohl sie die morgens erst gegossen hatte.

Hildegard saß im Sessel und genoß es, etwas zu wissen, was ihre Freundin als Geheimnis für sich behalten wollte.

»Man hat dich gesehen«, sagte Hildegard.

»Gesehen?« fragte die Gmeiner. »Na und? Das ist doch kein Wunder, schließlich bin ich nicht unsichtbar.«

»Ich habe dich gesehen, Gretl, vom Metzger aus, wenn du es genau wissen willst. Im Altstadtcafé, mit einem Mann.«

»So, vom Metzger aus ... Bist endlich fertig mit dem Kaffeetrinken, dann kannst gehen ... Natürlich, es war ein Mann, wenn du es genau wissen willst.«

»Der Burger wars, ich hab es genau beobachtet. Wie ein Galan ist er um dich herumscharwenzelt. Hättest mir doch sagen können, daß du ein Rendezvous hast.«

»Quatsch nicht so daher. Wir haben uns ganz zufällig getroffen, auf dem Friedhof. Und jetzt verschwinde. Du gehst mir auf die Nerven.«

»Ach so, zufällig«, sagte Hildegard und verließ gehorsam das Wohnzimmer, beinahe heiter. Wie eine Siegerin ging sie hinaus. Im Flur strich sie ihre Schürze mit beiden Händen glatt und sagte: »Ich hab noch von gestern Kalbsbraten. Kannst heute abend zum Essen kommen, es reicht für zwei.«

Als die Gmeiner endlich allein war, las sie den Brief ihres Sohnes noch einmal. Langsam, genau sprach sie alle Worte leise vor sich hin. Ihr Gesicht versteinerte sich, war alt und hart geworden, als sie den Brief zurück auf den Tisch legte. So saß die alte Frau noch lange regungslos und sah dabei aus dem Fenster. Draußen gab es für sie nichts zu sehen.

Burger hatte lange der Gmeiner nachgestarrt, bevor er mit schleppenden Schritten und weit vorgebeugtem Oberkörper in die Alte Kirchgasse lief. Am Ende der Gasse stand sein Haus: ein alter Fachwerkbau, in dem er geboren worden war und nun seit siebzig Jahren lebte. In den vergangenen fünfzehn Jahren war immer wieder davon gesprochen worden, im Zuge der Altstadtsanierung sein Haus abzureißen; zu verbindlichen Plänen oder Verhandlungen war es jedoch nie gekommen.

Nach dem Tod seiner Frau hatte Burger die drei Zimmer im Parterre, in denen früher seine Schneiderei und ein Lagerraum untergebracht waren, an ein junges kinderloses und berufstätiges Ehepaar vermietet. Die junge Frau putzte zweimal die Woche gründlich den Hausflur und die Stufen vor dem Haus; sonst hatte Burger wenig mit den jungen Leuten zu tun. Er war mit ihnen zufrieden, sie waren weder aufdringlich noch laut, ihr Fernseher war im ersten Stock nicht zu hören. Anfangs hatte die junge Frau den alten Mann gebeten, für sie zu schneidern, aber er hatte freundlich und bestimmt abgelehnt. Er wollte nicht mehr für Fremde arbeiten. Seine Finger waren steif geworden und schmerzten, wenn er längere Zeit mit der Nadel umging. Zum Einfädeln brauchte er schon seit Jahren eine Lupe.

Burger war guter Laune, als er die ausgetretenen Holzstufen zu seiner Wohnung hochstieg. Er hatte wieder einmal mit einer Frau geplaudert, hatte sie ins Café einladen dürfen.

Im Wohnzimmer nähte er sich einen locker gewordenen Knopf an seiner Sommerjacke fest. Während er noch mit Nadel und Faden beschäftigt war, trat Richard ein, ohne anzuklopfen. Der junge Mann trug eine Henkeltasche aus Leichtmetall, in der das Essen in vier aufeinandergesetzten Leichtmetallschalen geschichtet war und mindestens eine Stunde heiß blieb.

Ohne zu grüßen, ohne ein Wort deckte Richard den Tisch. Der junge Mann wußte, wo das Geschirr zu finden war, das Besteck, die Tischdecke. Lautlos, beinahe schleichend machte er seine Arbeit, und Burger beobachtete ihn verstohlen über die Brillengläser hinweg. Seit beinahe einem Jahr lief zwischen ihnen immer das gleiche Spiel: Jeder wartete darauf, daß der andere zu sprechen begann. Es war ein stummer Kampf.

Nachdem Richard den Tisch gedeckt, die Schalen mit dem dampfenden Essen in einem Halbkreis um den Teller gestellt hatte, da erst setzte sich Burger an den Tisch. Weil Richard immer noch schwieg, fragte Burger, ein wenig zu betont: »Sag mal, Richard, kann man sich mit siebzig eigentlich noch verlieben?«

Der junge Mann hatte sich in Burgers Ohrensessel

geflegelt und blätterte in Illustrierten, die der Alte jeden Montag von einem Lesering ins Haus geliefert bekam. Ohne von den Zeitschriften aufzusehen, antwortete Richard: »Was fragen Sie mich. Ich bin zwanzig, ich bins immer.«

Während des Essens sah Burger mehrmals mißbilligend auf die ausgefransten Hosen des jungen Mannes. Jeden Tag ärgerte sich der Alte über die verlodderten Hosenbeine, jeden Tag nahm er sich vor, die Hosen zu säumen; heute wollte er es endlich tun.

Nach dem Essen hob er den Deckel von der altmodischen, aber gut gepflegten Nähmaschine, spulte blaue Nähseide um und forderte Richard auf, die Hosen auszuziehen. Der junge Mann war erstaunt. Er dachte erst, der Alte würde scherzen, aber als er ihn so entschlossen vor der Nähmaschine sitzen sah, begriff er, daß es Burger ernst war mit dem Säumen der Hosenbeine.

»Aber die Hosen müssen doch so sein. Die habe ich im Laden so gekauft, wie sie jetzt sind. Die sind von Haus aus so, ich meine, die sind neu schon so.«

Burger blickte den jungen Mann verständnislos an und schüttelte den Kopf. Schließlich legte er den Deckel wieder über die Nähmaschine. Er war bekümmert, als er unwillig sagte: »Wenn das heutzutage als schön oder modisch gelten soll, dann gute Nacht. Früher sind die Menschen in Lumpen herumgelaufen, weil sie kein Geld hatten, sich vernünftige Kleider zu kaufen, heute haben sie Geld und kaufen sich Lumpen. Ich weiß nicht, wenn das Kultur sein soll?«

Richard hatte wenig Lust, sich mit dem Alten auseinanderzusetzen. Auch wenn er Burger mochte, hielt er ihn doch für verkalkt in mancher Hinsicht. Er räumte das Geschirr ab, stellte die Schalen in den Henkelmann zurück, legte Besteck und Teller in die Spüle, schüttelte die Tischdecke durchs Fenster aus, faltete sie zusammen und legte sie in die Schublade der Anrichte. Dann nahm er aus seiner Aktentasche ein in Plastikfolie gewickeltes Päckchen.

»Ich habe Schinken für Sie mitgebracht, geklaut in der Küche im Altersheim.«

»Da habe ich mir vielleicht was ins Haus geholt«, sagte Burger. »Erst mit ausgefransten Hosen rumlaufen, und dann im Altersheim Schinken klauen. Ist er wenigstens gut?«

Burger öffnete das Päckchen und roch am Schinken; dann schnitt er eine Scheibe ab und aß mit sichtlichem Behagen.

»Ich habe ein Plakat gesehen«, sagte Richard, »draußen an der Litfaßsäule. Da ist eine Kaffeefahrt ins Grüne angezeigt. Ich dachte mir, Sie könnten doch mal verreisen. Immer zu Hause sitzen, das macht alt.«

»Nun hau bloß ab, verdammter Kerl, sonst zeige ich dich noch wegen Diebstahls an, du Drückeberger vor dem Herrn.«

Einmal nur, ganz zu Anfang, hatte es zwischen

beiden eine ernsthafte Verstimmung gegeben, als Burger behauptete, es schade keinem jungen Mann, einige Zeit Militärdienst zu leisten, da lerne man Zucht und Ordnung.

»Und saufen«, hatte Richard damals erwidert. »Und überhaupt, Militär führt immer zum Krieg, und ich mag keinen Krieg. Sie haben ja auch nie einen Schuß gehört die ganzen Jahre, das haben Sie mir selbst erzählt, immer nur in der Kleiderkammer gearbeitet. Da läßt sich gut leben.«

»Nun werd bloß nicht frech!« hatte Burger gerufen. »Wenn jeder so dächte wie du, was wäre dann mit der Welt eigentlich los, hast darauf eine Antwort?«

»Wenn jeder so dächte wie ich, gäbe es keinen Krieg mehr. Aber leider denkt nicht jeder wie ich. Ich will nicht mitschuldig werden, und deshalb pflege ich lieber Alte und Kranke und spuck auf ein Gewehr.«

Später waren sie nie wieder auf dieses Thema zu sprechen gekommen; beide waren geradezu peinlich bemüht, das Thema zu meiden.

Als Richard gegangen war, setzte sich Burger in den Ohrensessel, aber nach wenigen Minuten langweilte er sich. Außer in den ersten Wochen nach dem Tod seiner Frau hatte er sich nie einsam gefühlt, nie Langeweile verspürt; er war mit sich und seinem Alleinsein zufrieden oder ging ins Wirtshaus und spielte Karten mit seinen Freunden. Kurz vor Mitternacht verließ er dann den gemeinsamen Tisch, manchmal angesäuselt, nicht mehr ganz nüchtern. Jetzt bedrückte ihn auf einmal das Alleinsein schmerzlich, und der Weg zur Kneipe schien ihm zu weit und zu beschwerlich, obwohl draußen ein lauer Abend in den Gassen stand und die Vögel in den nahen Kastanienbäumen lärmten wie selten. Burger zog sich einen Stuhl ans Fenster, das er weit öffnete, und sah auf die Kirche. Früher war auf dem Kirchdach ein Storchennest gewesen, aber seit Jahren schon blieben die Störche aus; Burger erinnerte sich, daß er und seine Frau oft Stunden am Fenster verbracht hatten, um zuzusehen, wie die Storcheneltern ihre Jungen fütterten.

Nicht mal mehr Störche gibt es, dachte er, weil sie vor Jahren das Sumpfgebiet vor der Stadt trockengelegt haben. Nun ist alles trocken, und niemand weiß, was mit dem Gelände werden soll. Wo soll das bloß hinführen: ausgefranste Hosen und keine Störche mehr. Eine Zeit ist das, eine Zeit.

Die Zeit war längst überschritten, zu der sich die Gmeiner sonst auf den Weg zum Friedhof machte. Sie scheute sich, ihre Wohnung zu verlassen; sie fürchtete, Hildegard könnte im Hausflur stehen und sie mit Fragen traktieren.

Die Gmeiner legte ein Ohr an die Wohnungstür und horchte in den Hausflur, sie trat auf den kleinen Balkon und schielte hinüber zu Hildegards Wohnung, aber nichts verriet Hildegards Anwesenheit. Endlich nahm die Gmeiner ihren Mut zusammen, raffte die Handtasche an sich, in der Susannes Karte und der Brief ihres Sohnes lagen, holte aus der Küche die Gießkanne und verließ die Wohnung.

Draußen vor der Haustür stieß sie mit Hildegard zusammen, die einen Putzlappen durch die Luft klatschte.

»Ich hab die Haustür abgeputzt, die war wieder dreckig, als ob ein Hund drauf rumgetanzt wäre«, sagte Hildegard atemlos, und hinterhältig fragte sie: »Willst weggehen? Jetzt?«

»Siehst doch«, erwiderte die Gmeiner und schwenkte die Gießkanne. Entschlossen und mit festem Schritt ging sie an ihrer Freundin vorbei zur Straße. Hildegard rief ihr hinterher: »Kannst mich doch nicht für dumm verkaufen, Gretl, gehst wieder zum Rendezvous mit deinem Burger.« Und für sich sagte sie: »Allemal steckt ein Mann dahinter.«

Die Gmeiner hatte den letzten Satz nicht mehr gehört. Sie drehte sich auch nicht um, sonst hätte sie sehen können, wie Hildegard hinter ihr her kicherte und sich freudig die Hände rieb, als hätte sie Margarete bei etwas Verbotenem ertappt.

Die Hitze hatte nachgelassen; ein leichter und erfrischender Wind wehte durch die Gassen. Als die Gmeiner eine halbe Stunde später neben Burger auf einer Bank gegenüber dem großen, schmiedeeisernen Friedhofsportal saß, zeigte sie ihm stolz Susannes

Karte, wie eine Auszeichnung, die ihr verliehen worden war. Burger trug eine helle Flanellhose und eine beige Gabardinejacke; er sah aus, als sei er eben einem Modegeschäft entstiegen.

»Nach Paris würde ich auch mal fahren«, sagte die Gmeiner. »Soll schön sein. Erst vorige Woche habe ich im Fernsehen etwas von Paris gesehen.«

»Ach ja, was man alles versäumt hat im Leben«, erwiderte Burger. »Paris war auch mal mein Traum, wie Venedig. Aber was haben wir denn schon gehabt. Tagaus, tagein geschuftet haben wir, damit am Abend die Kasse stimmte. Zweimal waren unsere Spargroschen kaputt, ich habe nicht mal so viel auf die hohe Kante gekriegt, daß ich mein Haus hätte renovieren lassen können von Grund auf. Immer nur Löcher gestopft, und wenn mir mein Vater das Haus nicht vererbt hätte ... Wer weiß. Jetzt könnten wir reisen, jetzt haben wir Zeit den ganzen Tag, jetzt stimmt die Kasse, weil sie am Abend nicht mehr stimmen muß, jetzt ist man alt geworden.«

Sie betrachteten die Leute, die zum Friedhof gingen oder vom Friedhof kamen, nicht wenige nickten den beiden Alten auf der Bank zu. Hier kannte schließlich einer den andern, vor allem dann, wenn sie derselben Generation angehörten wie Burger und die Gmeiner. Erst recht kannte man einen Schneidermeister und die Witwe eines Schuhmachermeisters.

»Mein Mann ist manchmal über seinem Dreifuß eingeschlafen, bloß damit dem Horst sein Studiengeld zusammengekommen ist«, sagte die Gmeiner. »Er hat immer mehr Aufträge angenommen, als er hätte annehmen dürfen ... Aber meine Susanne wird es einmal besser haben, wenn sie erst ihr Abitur gemacht hat. Mein Gott, geschuftet haben wir, mein Mann und ich, und jetzt habe ich siebenhundert Mark Rente.«

»Ich kriege neunhundertsechzig Mark Lebensversicherung«, antwortete Burger, »das reicht mir. Dann hab ich noch das Häuschen und die Miete von dem jungen Paar, von denen krieg ich zweihundertfünfzig im Monat. Ist nicht viel, aber mehr kann ich denen nicht abknöpfen in so einem alten Fachwerkhaus, wo es keinen Komfort gibt, nur knarrende Stiegen, und wo es durch die Fensterritzen pfeift, wenn der Wind drauf steht.«

»Als mein Mann bettlägerig geworden war«, sagte die Gmeiner, »hab ich in der Metzgerei in der Nachbarschaft jeden Abend für ein paar lumpige Mark geputzt. Die Wurstenden hab ich umsonst gehabt, und manchmal ist auch ein gutes Stück Fleisch abgefallen für das Wochenende. In der Zeit, ein knappes Jahr hat es bis zum Tod Alberts gedauert, hab ich weder Wurst noch Fleisch kaufen müssen, aber das Putzen hat angestrengt, die Knie wollten nicht mehr so. Horst hat damals, während des Studiums, jede freie Minute auf dem Bau gearbeitet, nur damit er seinen Eltern nicht zu sehr auf der Tasche lag. Ja, der Horst war immer fleißig. Er hätte eben nur eine andere Frau heiraten sollen und nicht in so ein großes Baugeschäft wie das in Köln, wo er doch nur seine Arbeitskraft und seine guten Ideen einbringen darf, sonst aber nichts zu sagen hat. Das Sagen haben der Schwiegervater und der Herr Schwager.«

Während die Gmeiner erzählte, überlegte Burger, wie er unaufdringlich von den zwei Karten für die Busfahrt ins Grüne reden konnte, und daß die zweite Karte für die Gmeiner bestimmt war. Schließlich holte er aus der Brusttasche seines Hemdes beide Karten hervor und legte einfach eine davon auf die im Schoß gefalteten Hände der Frau. Die Gmeiner nahm die Karte und betrachtete sie verwundert.

»Das ist eine Einladung«, sagte Burger beinahe schüchtern, »für den kommenden Sonntag. Eine Kaffeefahrt ins Blaue oder ins Grüne. Wissen Sie, immer zu Hause sitzen, das macht alt, sagt Richard. Das ist der, der für mich im Altersheim Schinken klaut.«

»Einfach so?« fragte die Gmeiner.

Sie war geschmeichelt und doch etwas unsicher und überlegte sofort, ob sie die Einladung annehmen durfte. Sie dachte auch gleich an Hildegard, wagte aber nicht, darüber zu sprechen. Sie drehte die Karte in ihren Fingern, wollte danke sagen, wollte ablehnen und war doch schon überzeugt, daß sie mitfahren würde. Seit Jahren war sie von niemandem eingeladen worden.

»Was werden die Leute sagen«, gab sie zu bedenken.

»Ach, die Leute«, erwiderte Burger verächtlich, als wolle er damit alle Einwände wegwischen. Er lächelte die Gmeiner an, die Frau lachte, schließlich lachten beide herzlich und so laut, daß sich vorübergehende Passanten verwundert zu den beiden komischen Alten umdrehten.

»Aber die Hildegard, meine Freundin, hat mich gestern ganz unverschämt gefragt, wer der Mann war, mit dem ich im Café gesessen habe. Das ist nicht so einfach mit der Hildegard.«

»Hildegard?« rief Burger. »Aber das ist doch gar kein Problem! Der Hildegard kaufen wir eben auch eine Karte, der Bus ist bestimmt nicht bis auf den letzten Platz besetzt.«

Geradezu entsetzt sah die Gmeiner den Mann an. Sie ruderte mit beiden Armen, als müßte sie etwas Lästiges abwehren: »Nein, nicht mit der Hildegard. Mit dem Weib wohin fahren? Nein, niemals, das darf mir mein schlimmster Feind nicht antun.«

»Na, na«, sagte Burger und tätschelte ihre Hand.

Die Gmeiner atmete schwer. »Sonntag? Weiß nicht recht. Wenn uns die Leute miteinander sehen, die denken wer weiß was.«

Burger erhob sich und zog die Frau zu sich hoch. Gemeinsam spazierten sie in den Schatten des Friedhofs hinein, und als sie wenig später vor dem Grab des Albert Gmeiner standen, sagte Burger laut:

»Ach, die Leute, die können mich mal ... Kreuzweise.«

»Aber begreif doch, Entschuldigung, begreifen Sie doch, Hildegard ist meine Freundin, die ist den ganzen Sonntag allein. Ich weiß nicht, wie ich ihr das beibringen soll. Wir waren immer zusammen die letzten drei Jahre.«

Während sie sich noch sträubte, freute sie sich auf die Fahrt, die Tage bis zum Ausflug würde sie zählen. Sie dachte: Schön muß das sein, wieder mal aus der Stadt herauszukommen. Es gibt noch eine andere Welt, nicht nur die von Hildegard und die des Friedhofs.

Die folgenden Tage verbrachte die Gmeiner im Zustand höchster Anspannung. Sie schlief schlecht und hatte wirre Träume, sie mied Hildegard, wo sie konnte, obwohl das fast unmöglich war, denn Hildegard benahm sich so, daß man einfach über sie stolpern mußte. Die Gmeiner lebte in der Vorstellung, jedermann könnte ihr von der Stirn ablesen, daß sie am Sonntag mit einem fremden Mann verreisen wollte. In der Aufregung hatte sie sogar vergessen zu fragen, wohin die Fahrt führen sollte und was die Karte gekostet hatte. Es gab Stunden, in denen sie den Sonntag herbeisehnte, sich dabei ertappte, wie sie die Stunden bis zur Abfahrt des Busses zählte. Am liebsten wäre ihr gewesen, der Bus könnte schon in der Frühe um fünf abfahren, denn zu dieser Stunde durfte sie sicher sein, Hildegard im Haus oder vor dem Haus nicht zu begegnen.

Am Samstagabend konnte die Gmeiner Hildegard nicht mehr ausweichen. Seitdem beide im gleichen Haus wohnten, kam Hildegard jeden Samstagabend herüber zum Fernsehen; die Gmeiner fand keinen glaubwürdigen Grund, Hildegard auszuladen. Sie konnte keine Krankheit vorschützen, wenn sie anderntags verreisen wollte. Kurz nach dem Läuten öffnete sie die Wohnungstür und ließ Hildegard ein. Obwohl jede der beiden Frauen die Wohnungsschlüssel der anderen hatte, wäre es keiner eingefallen, einfach die fremde Wohnung aufzuschließen, wenn die Freundin zu Hause war.

Sofort nahm Hildegard den Mantel in die Hand, an dem die Gmeiner gerade das Futter festnähte.

»Nanu, Gretl, willst vielleicht verreisen, weil du bei dem schönen Wetter an deinem Sommermantel rumflickst?«

»Vielleicht«, erwiderte die Gmeiner obenhin. »Vielleicht sollte ich mal für ein paar Tage oder ein paar Wochen nach Köln fahren. Wenn der Horst baut, dann könnte er mich vielleicht brauchen. Die Edith schafft das allein nicht, die ist immer so hektisch.«

»Hektisch?« rief Hildegard. »Das Weib soll endlich mal wieder richtig arbeiten, dann vergehen ihr die Flausen.«

»Sag mal, wie sprichst du eigentlich von meiner Schwiegertochter? Ich verbitte mir …«

»Halt die Luft an, Gretl. Ich spreche von ihr nur, wie du von ihr sprichst ... Und überhaupt, wieso nähst du den Saum selber an, wo du doch jetzt einen Schneidermeister zum Freund hast. Man hat dich wieder gesehen, auf der Bank. Händchen habt ihr gehalten wie ein junges Liebespaar.«

»Du bist jetzt sofort still, sonst gucke ich heute allein Fernsehen, damit du es weißt. Du bist in letzter Zeit unerträglich.«

Die Gmeiner nahm den Mantel und warf ihn durch die Schlafzimmertür auf das Bett. Sie war verärgert; Hildegard aber mußte gedämmert haben, daß sie zu weit gegangen war. Deshalb sagte sie versöhnlich: »Mein Bruder hat morgen Geburtstag. Kommst mit? Wäre mir recht, dann bin ich nicht so allein ... Weißt was, dem Geizkragen fressen wir alles weg. Meine liebe Schwägerin kriegt einen Herzanfall, wenn sie zusehen muß, wie wir beide alles reinhauen. Ich esse alles, und wenn ich es hinterher wieder auskotzen muß, nur um das Weib zu ärgern.«

»Morgen kann ich nicht«, sagte die Gmeiner. Dann schaltete sie den Fernsehapparat ein, setzte sich in den Sessel und tat so, als verfolge sie selbstvergessen das Programm.

»Kannst nicht? Warum kannst nicht? Kannst doch immer. Ist was los? Kriegst Besuch? Von wem denn? Das ist ja ganz was Neues, daß du Besuch kriegst und am Sonntag nicht kannst ... Mein Bruder hat doch Geburtstag.«

»Dann verschling meine Portion mit. Deine Schwägerin wird sich noch mehr ärgern, wenn sie sieht, daß ein Mensch für zwei ißt ... Ich verreise.«

»Du verreist?« rief Hildegard, sprang auf und sah auf die Gmeiner herab. »Du verreist?«

»Setz dich wieder, Hildegard, und mach den Mund zu, sonst erkältest du dich. Ja, du hast richtig gehört. Ich verreise.«

»Um Gottes willen, wohin denn?« rief Hildegard weinerlich.

»Zum Mond«, antwortete die Gmeiner.

Ihre Grobheit tat ihr sogleich leid. Aber sie wollte nicht sagen, daß sie von einem Mann eingeladen worden war, der ihr auch noch eine Buskarte geschenkt hatte für diese Tagesfahrt. Sie wollte ihrer Freundin nicht sagen, daß sie sich wie ein Kind freute auf diesen Ausflug, wollte nicht erzählen, daß sie einmal mit einem anderen Menschen zusammen sein wollte, und wenn es nur für einen Tag war. Hartnäckig starrte sie auf den Fernsehschirm und hätte nicht einmal zu sagen gewußt, welcher Film da ablief.

Als das immer lauter werdende Schlucken nicht mehr zu überhören war, sagte die Gmeiner: »Mach dir keine Sorgen, Hildegard. Am späten Nachmittag oder am frühen Abend bin ich wieder zurück, falls der Bus nicht an einen Baum fährt.«

»Ja?« erwiderte Hildegard erleichtert. »Weißt was, dann mach ich uns für den Abend einen schönen Braten.«

Sie tupfte sich die feuchten Augen ab. »Ach, geht ja nicht, ich bin ja bei meinem Bruder eingeladen. Da bin ich dann am Abend satt bis oben hin. Na, hoffentlich hast schönes Wetter.«

Im Bus saßen fünfzig alte Leute. Burger hatte scherzhaft zur Gmeiner gesagt, im Bus sitzen dreitausendfünfhundert Jahre. Bei Wesel erreichten sie den Rhein, und als die Fahrgäste den Fluß sahen, sangen alle: »Warum ist es am Rhein so schön.« Dann parkte der Bus auf einem unbefestigten Parkplatz in Flußnähe.

In Grüppchen liefen die alten Leute zu den Rheinuferwegen, einige sangen oder trällerten immer noch, warum es am Rhein so schön ist. Es war ein warmer, windstiller Tag. Die meisten Männer liefen ohne Sommermantel und barhäuptig, die Frauen trugen ihre Strickjacken über dem Arm oder lose über die Schultern gehängt. Burger schlurfte mit der Gmeiner in einer Gruppe, der auch seine Skatfreunde Fritz, Ewald und Christoph angehörten. Sie waren ebenfalls seit Jahren Witwer, lebten aber in den Häusern ihrer Söhne und Töchter unter dem Dach in einer Einliegerwohnung und wurden von ihren Kindern versorgt. Dafür bestellten die Alten den Kindern die Gärten und ersetzten die Handwerker im Haus; sie hatten eine Aufgabe.

Unterwegs fragte die Gmeiner leise: »Was hat denn der Ausflug gekostet?«

»Geld«, erwiderte Burger lachend.

»Ich geb dir das Geld schon wieder«, sagte sie, und in dem Augenblick war ihr klar, daß sie den Mann zum zweiten Mal geduzt hatte. Sie blieb stehen und legte die rechte Hand auf den Mund, als habe sie etwas Ungebührliches ausgesprochen. Burger aber umfaßte kurz und fest ihre Schultern und sagte: »Aber ich habe dich doch eingeladen, Margarete.«

Nun war ihr wohler. Der Mann war ohne Aufhebens über das Du hinweggegangen; er reichte ihr theatralisch den Arm, den sie freudig nahm und sich einhakte.

Während des Spaziergangs machten sie sich auf vorbeifahrende Schiffe aufmerksam, auf die Fahnen und Nationalitätenzeichen; Burgers Freunde tapsten hinterher. Manchmal winkten sie übermütig flußauf- oder flußabfahrenden Schiffen zu.

»Früher wollte ich immer mitfahren auf so einem Kahn, aber heute bin ich froh, daß ich Schneider geworden bin«, sagte Burger. »Ach ja, wenn man jung ist, dann denkt man, jedes Schiff fährt um die Welt.«

Manchmal unkten Burgers Freunde, daß er immer noch den Kavalier spiele, den Nobelmann aus seiner Vergangenheit, in der er als bestgekleideter Mann der Stadt allen Mädchen den Kopf verdreht habe. Als ihm Christoph zurief, dafür sei er wohl nun zu alt geworden, sei längst über die Jahre hinaus, den Galan zu spielen und auf Brautschau zu gehen, erwiderte

Burger ruhig, und dabei drehte er sich nicht einmal zu Christoph um: »Du bist alt. Ich nicht.«

Die Frau an seiner Seite nickte bekräftigend.

Auf einer Anhöhe, von wo aus sie einen weiten Blick über den breiten und träge fließenden Strom hatten, auf dem Weg zum Ausflugslokal rastete Burger immer öfter, seine Pausen wurden länger. Die Gmeiner sorgte sich; sie nötigte ihn schließlich auf eine Bank am Uferweg. Burger japste mehr, als er atmete. Die Frau öffnete ihm Krawatte und Hemd, Burger deutete auf seine rechte Jackentasche, in der sich seine Herztabletten befanden, und weil trocken zu schlucken ihm nicht möglich war, reichte im Ewald einen Flachmann mit Schnaps. Widerwillig würgte Burger Tabletten und Schnaps hinunter. Seine Freunde umringten ihn, als müßten sie ihn schützen. Die Gmeiner wollte helfen, mußte aber doch einsehen, daß Warten und Geduld die beste Hilfe waren.

Bald erholte sich Burger zusehends. Er schaffte, wenn auch langsam und mit viel Mühe, den Weg zur Gaststätte, wo alle anderen Ausflügler an langen, weißgedeckten Tischen saßen, Apfel- und Streuselkuchen aßen. Der Kaffee duftete durchdringend und gut.

Die Gmeiner hinderte Burger freundlich, aber entschieden daran, Kuchen zu essen. Sie gestattete ihm nur eine Tasse schwarzen Kaffee. Die Freunde, die mit am Tisch saßen, drucksten verlegen. Sie hatten begriffen, daß Burger von seinen Herzanfällen nichts erzählt hatte. Später bat die Gmeiner den Reiseleiter, den Bus zum Ausflugslokal zu fahren, damit der alte Mann nicht wieder den Weg zum Parkplatz zurücklaufen mußte.

Der Busfahrer brummelte vor sich hin: »Immer Ärger mit den Alten. Letztes Jahr ist mir tatsächlich unter der Hand einer abgekratzt.«

Als er das entsetzte Gesicht der Frau sah, fügte er begütigend hinzu: »Ist ja gut, ich bring den Bus her.«

Während der Rückfahrt auf Nebenstraßen durch das Münsterland versuchten die Freunde, Burger aufzuheitern mit altbackenen Witzen und lustigen Begebenheiten aus ihrer gemeinsamen Vergangenheit, die alle wohl schon hundertmal erzählt worden waren. Burger lächelte nur gequält. Er machte sich Vorwürfe, daß er Margarete, die angeschmiegt an seiner Seite saß, nichts von seinen Herzattacken verraten, ihr nun den Ausflug vergällt hatte.

Die Gmeiner legte seine Hände in ihren Schoß und tätschelte sie; tapfer lächelte sie dem Mann zu. Ihr war nur wichtig, ihm die Rückfahrt so angenehm wie möglich zu machen. Sie dachte, es sei das beste, einfach zu schweigen.

Nur einmal sagte Burger, und das Sprechen fiel ihm schwer: »Jaja, Margarete, wir werden alle nicht jünger. Mit den Jahren kommen die Wehwehchen.«

»Das hat aber auch sein Gutes, dann springt man

nicht mehr über Gräben wie ein Kitz und bricht sich den Hals.«

Die Gmeiner legte ihren Kopf an Burgers Schulter und schlief ein.

Der Busfahrer hielt vor Burgers Haus, so daß der Alte den Weg vom Sammelplatz am Busbahnhof zu seiner Wohnung nicht zu laufen brauchte. Als die Gmeiner sich beim Fahrer bedanken wollte, winkte er ab und meinte, es sei besser, wenn so alte Leute nicht allein lebten, wenn sie von Gesetz wegen in ein Altersheim eingewiesen würden, denn dort werde für sie gesorgt wie für kleine Kinder.

Burgers Freunde waren mit ausgestiegen und wollten Burger ins Haus begleiten. Die Gmeiner schickte sie fort. Allein führte sie Burger die Treppe hinauf in seine Wohnung; er schaffte es zu ihrer Erleichterung mühelos. Zum ersten Mal betrat sie seine Wohnung und fand sie so vor, wie sie es sich vorgestellt hatte: altmodisch und Möbel, die älter als fünfzig Jahre sein mußten, die Polster abgewetzt und mit gehäkelten Deckchen belegt. Hinter der Couch hing ein Wandschoner, der einen röhrenden Hirsch zeigte.

Die Gmeiner bettete Burger auf die knarrende Couch, zog ihm die Schuhe aus und setzte sich dann neben ihn auf einen wackligen Stuhl. Der Alte hatte die Augen geschlossen und die Hände auf der Brust gefaltet. Er atmete schwer, jedoch gleichmäßig. Die Frau legte ihre rechte Hand auf die gefalteten Hände Burgers; so blieben sie lange Zeit, ohne zu sprechen.

Schließlich sagte Burger, ohne die Augen zu öffnen: »Du mußt jetzt nach Hause gehen. Mir geht es besser. Bald kommt Richard und bringt das Essen. Dann bin ich auch nicht mehr allein. Weißt, der Richard ist ein prima Kerl, aber er kann sich einfach nicht anziehen. So wie der rumläuft, guckt den kein Mädchen an.«

Die Gmeiner streichelte noch einmal über seine Stirn und verließ dann die Wohnung. Burger war zufrieden mit sich und dem Tag. Auch wenn er sich noch schwach fühlte, versuchte er, seinen Anfall zu vergessen.

Auf dem Nachhauseweg packte die Gmeiner wieder die Unruhe, denn sie fürchtete sich vor Hildegards Fragen. Dann erschrak sie heftig; vor dem Haus parkte der silbergraue Mercedes ihres Sohnes. Und da kam ihr auch schon Hildegard entgegengelaufen und deckte sie mit einem Wortschwall ein, daß die Gmeiner anfangs überhaupt nichts verstand. Als es ihr zu bunt wurde, packte sie Hildegard am Arm und herrschte sie an, endlich still zu sein.

»Warum bist du denn so übellaunig, Gretl. Der Horst ist gekommen, mit der Susanne, ich habe ihnen die Wohnung aufgeschlossen, ich konnte sie ja schlecht auf der Straße stehenlassen zum Geschau der Nachbarn. Ich habe gesagt, daß du fort bist, ich hatte den Eindruck, der Horst war verschnupft, daß du nicht zu Hause gewesen bist. Ich habe gesagt, daß ich auch nicht wüßte, wo du dich rumtreibst, daß auch ich nicht mehr alles erfahre, seit du – na ja, weißt schon, was ich meine.«

Die Gmeiner überhörte Hildegards Vorwürfe und schloß ihre Wohnung auf. Ihr Sohn saß auf der Couch am Wohnzimmertisch, Susanne saß am Fenster und blätterte in Zeitschriften. Sie lächelte ihrer Großmutter entgegen, Horst blickte mißmutig auf.

»Hättest doch in der Metzgerei anrufen können, daß sie es mir bestellen«, sagte die Gmeiner wie nebenbei. »Tust es doch sonst immer, wenn du unverhofft auftauchst. Ich wäre dann selbstverständlich zu Hause geblieben, wenn ich gewußt hätte, daß ihr kommt.«

Sie strich Susanne im Vorbeigehen über das Haar; dann rannte sie plötzlich aufgeregt im Wohnzimmer auf und ab, als suche sie etwas Bestimmtes.

»Setz dich, Oma«, sagte Susanne, »du machst einen ganz kribblig mit deiner Rumrennerei.«

»Wo warst du eigentlich?« fragte Horst. »Du bist doch sonst immer zu Hause.«

»Ich muß ja nicht immer zu Hause sein. Ich bin schließlich keine Gaststätte, die immer geöffnet haben muß. Sogar Gaststätten schließen einmal die Woche. Übrigens, immer zu Hause sitzen, das macht alt ... Busfahrt an den Rhein, wenn du es genau wissen willst.«

»Warum bist du denn so kratzbürstig, war ja nur eine Frage. Bist du allein gefahren? Oder mit Freunden? Warum ist Tante Hildegard nicht mitgefahren?« fragte Horst und vermied es, den Ton aufzunehmen, den seine Mutter angeschlagen hatte.

»Na hör mal!« rief die Gmeiner. »Als ob ein großer Bus mit einer alten Frau allein fährt! Der ganze Bus war voll, fünfzig Leute, dreitausendfünfhundert Jahre waren da versammelt ... Wie gehts zu Hause, was macht die Edith? Ich mach uns gleich was zu essen – oder wollt ihr Kaffee und Kuchen, Hildegard hat bestimmt einen Kuchen gebacken ... Ach nein, die war ja bei ihrem Bruder eingeladen heute, deshalb ist sie nicht mit zum Ausflug gekommen.«

Die Gmeiner redete und redete, wechselte von einem Thema zum anderen und ließ Susanne und ihrem Sohn keine Zeit, ihr ins Wort zu fallen. Befremdet sahen die beiden die alte Frau an und wunderten sich über ihre Redseligkeit. Horst lehnte Abendessen wie auch Kaffee und Kuchen ab, er sei auf der Durchreise und müsse gleich wieder fort, es tue ihm leid, daß nicht mehr Zeit sei, aber das sei nicht seine Schuld, wo doch sie, seine Mutter, nicht dagewesen sei bei seiner Ankunft, aber Susanne bleibe über Nacht hier, weil sie morgen keine Schule habe, er komme morgen, ungefähr zur gleichen Zeit wie heute, vorbei und nehme Susanne wieder mit.

Als ob es ihr jetzt erst eingefallen sei, fragte die Gmeiner: »Warum ist denn die Edith nicht mitgekommen, wenn morgen keine Schule ist? Sie hätte auch hier schlafen können oder drüben bei Hildegard.«

Horst war schon zur Tür gegangen. Bei den vorwurfsvollen Worten seiner Mutter drehte er sich noch einmal um, immer noch mißmutig.

»Aber, Mutter, Edith kann doch nicht auf jede Geschäftsreise mitkommen. Die würde sich bei den Besprechungen nur langweilen und mich stören.«

»Ich bin schließlich kein Geschäft... Aber ich weiß schon, sie fährt nicht gern zu mir, ich bin ihr nicht fein genug.«

»Sei nicht ungerecht, Oma«, rief Susanne.

Als ihr Sohn gegangen war, begriff die alte Frau, daß ihre Enkelin länger als nur ein paar Stunden bleiben würde, daß sie immer noch vor ihr saß mit dem schulterlangen Haar und in einem Kleid, das mehr einem Sack ähnelte, und in Schuhen, die, wenn die Gmeiner richtig informiert war, Indianer getragen hatten. Sie holte, nun freudig erregt, die Ansichtskarte aus ihrer Handtasche und setzte sich neben Susanne auf die Lehne des Sessels.

»Wie war es in Paris? Auf der Karte stehen ja nur ein paar Worte. Schön muß es sein. Vielleicht komme ich auf meine alten Tage auch noch mal nach Paris.«

Susanne erzählte ihrer Großmutter von der großen Stadt, in der sie mit ihrer Klasse zehn Tage lang gewesen war, bis Hildegard aufkreuzte, aber gleich wieder fortlief, als sie hörte, daß Susanne bis zum anderen Tag bleiben werde.

Susanne müsse etwas zu essen haben, erklärte Hildegard, deswegen werde sie das Essen vorbereiten, wo doch ihre Großmutter, dabei zwinkerte sie Susanne zu, eine so anstrengende Reise hinter sich habe, und das alles freiwillig, nicht gezwungen, vielleicht aber dazu verführt, Alter schütze bekanntlich vor Torheit nicht.

Als sie wieder allein waren, fragte die Großmutter ihre Enkelin: »Sag mal, Susanne, ist was?«

»Was soll denn sein, Oma?«

»Dein Vater hat so laut gesprochen. Das kenne ich nicht an ihm, das laute Sprechen.«

»Aber, Oma, der spricht doch immer so.«

»Kaputt macht er sich, das sag ich dir, Kind. Wenn er Anfang fünfzig ist, und das sind nur noch ein paar Jährchen, dann hat er seinen ersten Herzinfarkt weg.«

»Sag ich ja auch immer, Oma. Vater schuftet wirklich wie ein Pferd. Der gönnt sich keinen Urlaub, der macht alles, im Büro und auf den Baustellen. Dabei ist er bei Großvater doch nur Angestellter.«

»Wie du das sagst, Susanne – richtig herzlos. Jawohl, herzlos, das ist das richtige Wort.«

»Soll ich vielleicht in Jubelstürme ausbrechen, wenn ich sehe, wie Vater sich abrackert und doch nichts zu sagen hat im Geschäft? Großvater und Onkel Paul haben das Heft in der Hand, Großvater holt die Aufträge rein, und Onkel Paul hat die Hand auf dem Geld.«

»Sei es, wie es will, Susanne«, erwiderte die Gmeiner, und dabei schnaufte sie hörbar durch die Zähne, »Hauptsache, deine Mutter ist immer auf der Seite von deinem Vater, dann kann nichts schiefgehen.«

Hildegard brachte wieder Unruhe in die Wohnung, erzählte umständlich, wie und womit sie den Braten gewürzt habe, plapperte drauflos, daß die Großmutter ja nun einen Kavalier habe, vielleicht sogar einen Liebhaber.

»Du bist jetzt still, Hildegard. Der Burger ist kein Liebhaber, der ist ein anständiger Mensch, damit du es weißt!«

Hildegard berührte das wenig. Sie rückte nahe an Susanne heran und überfiel sie mit ihrer Neugierde.

»Sag mal, das soll ja ein tolles Haus werden, das deine Eltern bauen –«

»Ein Schloß«, unterbrach sie die Gmeiner.

»Und deine Oma erzählt, nächstes Jahr machst du Abitur. Was willst denn studieren?«

»Psychiater«, unterbrach sie die Gmeiner wieder, »und du, Hildegard, wirst ihr erster Patient. Und nun sei endlich still. Du bringst das Kind ja noch ganz durcheinander mit deiner Fragerei.«

»Still soll ich sein – hast du das gehört, Susanne? So ist die dauernd in letzter Zeit. Immer nur befehlen will sie. Ganz heimlich ist sie mit dem Burger durchgebrannt. Hinter den Ohren hat es deine Oma, faustdick.«

»Heimlich? Wir haben schließlich keine Tarnkappen aufgehabt, und ich sehe auch nicht ein, warum ich dir alles auf die Nase binden soll. Du bist schließlich nicht mein Beichtvater.«

»Hast du gehört, Susanne? Seit das Mannsbild in unser Leben getreten ist, seitdem ist es nicht mehr wie früher. Trotzdem habe ich immer gesagt, deine Oma macht auf ihre alten Tage noch eine prima Partie.«

»Erstens, Hildegard«, sagte die Gmeiner, »bin ich nicht alt ... Du vielleicht. Beguck dich mal im Spiegel, wie du rumläufst, unfrisiert und mit abgetretenen Absätzen, wie eine Krautscheuche ... Und zweitens bist du nur neidisch.«

»Ich? Daß ich nicht lache. Gott, wenn ich wollte, dann könntest du was erleben.«

»Dann will doch, Hildegard. Ich werde Trauzeuge, darauf hast du mein Wort«, erwiderte die Gmeiner und lachte.

Dieses Lachen schmerzte ihre Freundin. Sie wußte selbst, daß sie etwas schlampig war, etwas nachlässig, nicht so akkurat wie die Gmeiner, bei der alles an seinem Platz zu sein hatte, alles auf die Minute geplant werden mußte. Bei Hildegard lag die schmutzige Wäsche oft tagelang verstreut in der Wohnung herum oder das Geschirr wurde zwei Tage nicht gespült. Lieber stand Hildegard hinter den Gardinen, um die Menschen auf den Straßen und in den nahen Gärten zu beobachten; ihrer Meinung nach spielte sich das Leben auf den Straßen und im Freien ab. Das zu beobachten genügte ihr, mehr forderte sie nicht vom Leben. Ja, sie war sogar glücklich dabei: Es stillte ihre Neugierde, und sie hatte dazu die Überzeugung, das Leben gehe nicht an ihr vorbei.

»Verdammt!« rief sie plötzlich und sprang auf. »Ich habe die Kartoffeln aufgesetzt. Hoffentlich sind die nicht übergekocht.«

»Sag mal, wer ist denn dieser Burger?« fragte Susanne, als ihre Tante gegangen war.

»Du bist ja noch schlimmer als Hildegard«, antwortete die Gmeiner. »Wenn man schon mal nicht mehr allein rumläuft, muß man doch nicht gleich heiraten.«

»Na und? Was ist denn schon dabei, ist doch ganz normal.«

»In meinem Alter, ich bitte dich. Die Leute würden sich den Mund zerreißen.«

»Oma, ich finde dich reichlich komisch. Wenn ich jetzt ankäme und sagen würde, ich möchte heiraten, dann wärst du die erste, die ausruft: In deinem Alter! Und jetzt sagst du auch: In meinem Alter!«

»Ich habe das zwar nicht verstanden, aber du hast trotzdem unrecht ... Burger hatte auf dem Ausflug einen leichten Herzanfall. Ich habe ihm versprochen, daß ich heute abend noch mal bei ihm vorbeischaue.«

Die Gmeiner schien erleichtert, als Hildegard in diesem Augenblick zum Essen rief. Hildegard kochte gut, wenn sie für andere sorgen konnte; für sich selber kochte sie einfach bis einfallslos. Während des Essens verkniff sie sich die Frage, wie es denn am

Rhein gewesen und wer alles mitgefahren war. Statt dessen forderte sie Susanne unentwegt auf, tüchtig zuzugreifen, genoß es, daß Großmutter und Enkelin reichlich aßen und daß es beiden schmeckte.

Als sie gegessen hatten, sagte die Gmeiner: »Die Susanne kann dir beim Spülen helfen, ich muß noch mal weg.«

»Du mußt noch mal weg? Dann geh nur, und nimm deine Susanne ruhig mit. Ich kann schon allein spülen.«

»Susanne bleibt hier und hilft dir«, sagte die Gmeiner bestimmt.

Sie wußte genau, warum Hildegard Susanne aufgefordert hatte, mitzugehen: die pure Neugierde. Dennoch blieb der Protest der Gmeiner nutzlos. Susanne war schon aufgestanden und zur Tür gegangen.

»Da siehst du selber, Susanne, wie ein Mannsbild einen Menschen verändern kann«, sagte Hildegard. »Zu dem Mannsbild geht sie nämlich jetzt, auch wenn sie es mir nicht sagt. Früher ist sie nie fortgegangen, ohne mir beim Spülen zu helfen. Geh nur mit, damit du den Kerl mal kennenlernst, mit dem sich deine Oma rumtreibt.«

Großmutter und Enkelin liefen schweigend durch die Stadt nebeneinander her, die alte Frau zeitweise so schnell, daß Susanne Mühe hatte, ihr zu folgen. Respektvoll betrachtete sie ihre Großmutter und versuchte sich immer wieder vorzustellen, wie zwei alte Leute sich noch liebhaben konnten, schmusen, sich streicheln. Es war ihr fast unmöglich: zwei alte Leute eng umschlungen im Bett, Liebesworte mit siebzig, der Gedanke daran war Susanne peinlich.

Das Fachwerkhaus, vor dem ihre Großmutter stehenblieb und verschnaufte, gefiel Susanne. Sie dachte, das Haus habe Charakter, und wenn es ihr gehörte, würde sie die Balken grün streichen. Das hob sich besser vom roten Ziegelwerk ab. Dann zog die Großmutter sie plötzlich so heftig ins Haus, als habe sie Angst bekommen, allein einzutreten. Beim Treppensteigen atmete die Gmeiner wieder schwerer, im ersten Stock vor Burgers Tür stoßweise; nach dem Anklopfen trat sie sofort ein.

Burger und Richard saßen sich am Tisch gegenüber und spielten Halma.

»Das ist meine Enkelin, die Susanne. Sie ist ganz unverhofft gekommen und wollte unbedingt mitkommen«, sagte die Gmeiner wie entschuldigend.

Hilflos stand sie im Zimmer, bis Richard ihr seinen Stuhl anbot, der alte Burger aufstand und Susanne artig die Hand gab.

»Kannst dich ruhig zu einem alten Mann setzen«, sagte Burger. »Oder muß ich schon Sie zu dir sagen?«

»Jetzt kokettiert er wieder mit seinem Alter«, sagte Richard und räumte das Geschirr vom Tisch.

»Sei du bloß still, du Versager«, rief Burger, »keine einzige Partie hast du gewonnen.«

»Sie wissen doch, daß ich Sie absichtlich gewinnen lasse, damit Sie bei guter Laune bleiben. Wenn er verliert, ist er nämlich unausstehlich. Also dann, jetzt ist Ablösung da, da kann ich ja verduften. Ich will noch ins Kino.«

»Was wird denn gespielt?« fragte Susanne.

»Weiß ich nicht genau. So etwas wie: Ein Schuß und zehn Tote.«

»Kann ich mitkommen?« fragte Susanne.

»Klar, kannst mitkommen. Mehr als Kino kann ich dir in dem Kaff hier nicht bieten. Sogar das Kino ist eine Zumutung.«

»Susanne, ich muß schon sagen!« sagte die Gmeiner. »Man kann doch nicht in eine fremde Wohnung kommen, guten Tag sagen und einfach wieder verschwinden. Was ist denn das für ein Anstand?«

Burger aber sagte: »Laß sie doch gehen, Margarete. Was soll sie denn hier? Einen alten und kranken Mann besichtigen?«

Richard wartete an der Tür auf Susanne, die ihre Großmutter entschuldigend ansah.

»Klopf ans Schlafzimmerfenster, wenn du spät nach Hause kommst«, rief die Gmeiner ihrer Enkelin nach, »vielleicht liege ich schon im Bett.«

Sie schämte sich vor Burger, sie fand, Susanne habe nicht das Benehmen, das man mit Anstand bezeichnete, und Anstand durfte man von einer Achtzehnjährigen doch erwarten. An Horst konnte es nicht liegen. Horst hatte, soweit die Gmeiner zurückdenken konnte, immer großen Wert auf korrektes Benehmen gelegt. Vielleicht lag es an dem großen Haus in Köln, an den Leuten, die im Haus verkehrten.

Burger räumte das Halmaspiel vom Tisch. Er jedenfalls war froh, daß die jungen Leute gegangen waren. Er hatte der Gmeiner etwas zu sagen, das nicht für fremde Ohren geeignet war.

»Geht es dir wieder besser?« fragte sie.

Und sofort fand die Gmeiner ihre Frage überflüssig. Um keine Peinlichkeit aufkommen zu lassen, suchte sie Arbeit, holte einen feuchten Lappen und wischte den Tisch ab, auf dem noch Krümel lagen; dann spülte sie das Geschirr. Burger sah ihr wohlgefällig zu. Er dachte, es gehe doch nichts über eine ordentliche Frau im Haus und über geschickte Hände.

Als die Gmeiner mit der Arbeit fertig war und unschlüssig am Spülbecken stand, bat er die Frau, sich zu ihm auf die Couch zu setzen: Er habe ihr nämlich etwas zu offenbaren. Das letzte Wort betonte er ganz besonders. Zögernd setzte sich die Gmeiner neben ihn; Burger nahm ihre Hände und drückte sie mehrmals und fest.

»Na, dann offenbare dich mal«, sagte sie.

»Also, wie soll ich dir das erklären ... Es ist nämlich so, paß auf ... Was ich sagen wollte, ist ...«

Burger war nun in dem Maße verlegen wie vordem die Frau. Er suchte nach Worten, endlich sprudelte er los: »Das ist ganz einfach. Ich bin allein, du bist allein – also, damit nicht mehr jeder für sich allein ist, ziehen wir einfach zusammen. Ich meine das folgendermaßen – nicht so, wie du vielleicht denkst, wilde Ehe und so. Wenn schon, dann mit Unterschrift und Stempel. Verstehst du, was ich sagen will?«

Es dauerte seine Zeit, bis die Gmeiner begriff, daß das ein Heiratsantrag war. Ihre Verblüffung machte sie sprachlos. Endlich stieß sie heraus: »Wolfgang, du spinnst. Was da wohl die Leute sagen, mein Gott. Das möchte ich mal erleben, wie die sich die Mäuler zerreißen.«

»Wunderbar!« rief Burger und klatschte sich auf die Schenkel. »Wenn du genau wissen willst, wie sich die Leute die Mäuler zerreißen, ist das erst recht ein Grund, mit Unterschrift und Stempel Nägel mit Köpfen zu machen. Denn wenn wir nicht heiraten, wirst du nie erfahren, was die Leute sagen.«

»Und mein Sohn?« fragte die Gmeiner. »Und meine Susanne?«

»Wieso? Verstehe ich nicht. Bist du denen Rechenschaft schuldig? Sagen mußt du es ihnen natürlich, oder schreiben. Das gehört sich so innerhalb der Verwandtschaft. Geheimzuhalten ist das alles nicht, schließlich komme ich dann in deine Verwandtschaft.«

»Schreiben? Sagen?« rief die Gmeiner. »Hast du

eine Ahnung. Das sagt sich so einfach daher. Du hast leicht reden, du hast keine Angehörigen, du bist dein eigener Herr... Um Gottes willen, die Edith. Ich darf gar nicht daran denken, das Weib lacht mich aus, lauthals. Nein, Wolfgang, schlag dir das aus dem Kopf. Ich danke dir für den Heiratsantrag, aber ich möchte nicht zum Gespött meiner Schwiegertochter werden.«

»Hör zu, Margarete«, antwortete Burger ruhig, »das machen wir so. Meine Wohnung geben wir auf, denn deine Wohnung ist bequemer und praktischer. Ich war zwar noch nicht da, kann mir das aber vorstellen in einem Neubau. Dazu kommt, daß du im Parterre wohnst. Mir wird das Treppensteigen in letzter Zeit zuviel. Ich kann meine Wohnung ja vermieten, du nicht. Da findet sich schon was, keine Bange. Junge Leute wollen heutzutage alle in alte Häuser, am liebsten in unbequeme Fachwerkhäuser. Dann haben wir beide nur eine Wohnung. Ist das vielleicht kein Geschäft?«

Die Gmeiner schüttelte noch einmal unwillig den Kopf; dann lachte sie plötzlich hellauf, lachte so herzlich und zwingend, daß Burger angesteckt wurde und mitlachte, sich verschluckte und die Gmeiner seinen Rücken klopfen mußte. Als der Hustenanfall vorbei war, entnahm sie der Anrichte zwei Schnapsgläser, holte eine Flasche klaren Schnaps aus dem Kühlschrank und schenkte die Gläschen voll.

»Fein hast du dir das alles zurechtgelegt«, sagte die

Gmeiner. »Ein Verführer bist du, ein Ausgefuchster, vor dir muß man sich in acht nehmen.«

Sie kippte ihr Gläschen in einem Zug hinunter, ohne das Gesicht zu verziehen, und als Burger sein Gläschen austrinken wollte, nahm sie es ihm von den Lippen.

»Prost! Ich trinke für dich mit. Du darfst sowieso nichts trinken mit deinem schwachen Herzen.«

Auch sein Glas leerte sie in einem Zug. Staunend sah Burger zu und wußte nicht recht, sollte er sich ärgern oder freuen.

»Das fängt ja gut an, trinkst immer gleich für zwei. Das hättest du mir auch gleich sagen können. Du trinkst, und ich werde besoffen ... Paß auf, ich habe mir das alles ausgerechnet. Ich meine, wenn du einverstanden bist, dann mache ich dir mal eine Rechnung auf, und du wirst staunen.«

Er umfaßte ihre Schultern und drückte die Gmeiner fest an sich, und sie lehnte sich an ihn. So saßen sie selbstvergessen und schwiegen. Nur manchmal drückte der Mann ihre Schultern fester, als wolle er sie daran erinnern, daß er noch da war. Die Gmeiner dachte daran, daß so eine Heirat nicht geheimzuhalten sein wird, auch nicht vor dem Sohn, auch nicht vor der Schwiegertochter. Sie fror bei dem Gedanken, Edith würde eines Tages auftauchen und sie auslachen, sie mit Häme überschütten, weil so eine Alte noch einmal den Kopf verloren hat; dann aber wurde sie trotzig. Sie dachte, daß sie weder Angestellte ihres Sohnes noch ihrer Schwiegertochter war, schließlich ist sie frei und Herr ihrer Entschlüsse, sie kann doch tun und lassen, was sie will, jedermann hat Anspruch auf Glück und Geborgenheit. Sie mußte vor sich hin lächeln, als ihr klar wurde, daß man auch noch als alter Mensch zum Standesamt mußte wie ein junger Mensch; sie hatte immer gedacht, von einem bestimmten Alter an müßte der Gang zum Standesamt entfallen. In Burgers Armen versuchte sie sich vorzustellen, wie sie noch einmal ja sagen würde vor einem Standesbeamten und mit ihrem Mann die Ringe tauschen. Neue Ringe kaufen mußte sie allerdings nicht. Er trug noch seinen alten Ehering, sie auch. Man brauchte die Ringe vor der Trauung nur ab- und nach der Zeremonie wieder überzustreifen. Mein Gott, hätte der Gmeiner früher jemand vorausgesagt, sie werde ein zweites Mal heiraten, sie hätte diesen Jemand ausgelacht, obwohl Albert, als er auf dem Sterbebett lag, ihr dringend geraten hatte, nicht im Witwendasein zu versauern und zu verbiestern, sondern alles zu nehmen, was das Leben ihr noch bot – das aber nur, solange sie dabei ihre Würde nicht verlor. Es ist nicht gut, daß der Mensch allein ist, hatte Albert gesagt; wenig später hatte sie ihm die Lider zugedrückt. Der Tod war eine einfache Sache und schmerzlich nur für den, der zurückbleibt.

Als die Gmeiner ihre Wohnung aufschloß und ins Wohnzimmer trat, saß Susanne vor dem Fernseher.

»Scheißfilm war das, Oma. Das beste daran waren Richards Motzereien und seine Bemerkungen ... Wie der gemotzt hat bei den Schmusereien und den Leichen, die haufenweise herumlagen, das war Spitze ... Warum guckst denn so?«

»Eine Ausdrucksweise hast du, ich muß schon sagen. Das verrät eine schlechte Kinderstube ... Vulgär ist das.«

»Reg dich wieder ab. Wenn es ein Scheißfilm war, dann war es eben ein Scheißfilm. Amen.«

Däumchendrehend saß die Gmeiner im Sessel und hörte nicht mehr auf die Worte ihrer Enkelin. Erst als die Großmutter nicht mehr antwortete, wurde Susanne aufmerksam.

»Hat dir etwa jemand einen Heiratsantrag gemacht?« fragte sie.

Die Großmutter nickte, als sei das die selbstverständlichste Sache der Welt. Erst danach erschrak die Gmeiner über die Frage ihrer Enkelin und wurde verwirrt wie ein junges Mädchen, das die erste Liebschaft verheimlichen will.

»Ist doch prima, Oma«, rief Susanne und gab ihrer Großmutter einen Kuß aufs Haar.

»Red nicht so oberflächlich«, sagte die Gmeiner. »Denk an deinen Vater, denk an deine Mutter ... Mein Gott, deine Mutter. Ich darf gar nicht dran denken, sonst überkommt mich das große Zittern.«

»Du bist aber komisch, Oma. Glaubst du vielleicht, die würden dich um Erlaubnis fragen, wenn sie sich scheiden lassen wollten?«

»Kind, sag das nicht so leichtfertig. So etwas darf man nicht in den Mund nehmen.«

»Ich hab das doch nur als Vergleich gesagt.«

»Vergleiche hast du ... Kannst einen ganz schön erschrecken ... Sag mal, ist was?«

»Nichts ist, Oma. Das Haus, das bringt eben Ärger. Also, wenn du es genau wissen willst: Vater hat einen heftigen Auftritt mit Großvater gehabt. Der hat zuerst nämlich versprochen, daß er die Hälfte der Kosten für das Haus übernimmt, mit Krediten und so, und jetzt will Großvater nichts mehr davon wissen. Das habe ich so am Rande mitgekriegt. Wenn Vater das vorher gewußt hätte, hätte er nie ein so großes Haus entworfen. Jetzt ist nichts mehr rückgängig zu machen. Der Rohbau steht. Zweihundertfünfzig Quadratmeter Wohnfläche, so ein Irrsinn. Tausend Leute können da tanzen, aber nicht drei drin wohnen.«

»Ich verstehe das alles nicht«, sagte die Gmeiner. »Dein Vater war immer bescheiden. Ich weiß nicht, was mit euch heute los ist. Nichts kann groß genug sein, nichts teuer genug, nichts vornehm genug. Ihr tut alle so, als hättet ihr vom ersten Tag an in reinseidene Windeln geschissen, und denkt nicht daran, daß alles einmal bezahlt werden muß. Ich habe es geahnt, er hat sich übernommen. Nein, das ist weiß Gott kein Grund zum Freuen.«

Am anderen Vormittag hielt es Burger allein in seiner Wohnung nicht mehr aus. Er spazierte in die Stadt, obwohl ihm das Laufen noch Mühe machte. Auf dem Marktplatz traf er Richard, der ein halbes Dutzend alter Leute aus dem Altersheim begleitete. Es gehörte mit zu Richards Aufgaben, Heiminsassen, die für einen längeren Weg nicht mehr fest auf den Beinen waren, bei Spaziergängen oder beim Einkaufsbummel zu begleiten.

Richard betrachtete Burger mißbilligend von oben bis unten. Er hielt dem Alten vor, er traue sich schon wieder zuviel zu, er solle lieber an sein Herz denken.

»Was willst du, ich denke nur noch an mein Herz«, erwiderte Burger und drückte Richard zehn Mark in die Hand.

»Was soll das? Ist bei Ihnen der Wohlstand ausgebrochen?«

»Sollst auf meine Gesundheit trinken. Nicht saufen, trinken. Deswegen habe ich dir auch nicht mehr gegeben. Ich habe mich nämlich verlobt, ich heirate wieder.«

Burger sagte das stolz und mit Würde.

»Hab nicht gedacht, daß sich eine nach Ihnen noch umdrehen würde«, antwortete Richard. »Sie sind den Frauen doch zu mager.«

»Du Schnösel, ich bin nicht mager, ich bin schlank wie eine Gerte. Guck dich mal an. Bist fünfzig Jahre jünger und hast schon einen Bauchansatz.«

»Jaja, man muß heutzutage schon was tun, die Konkurrenz ist groß. Trotzdem jammerschade. Es war eine schöne Zeit bei Ihnen. Jetzt wird ja wohl die kommende Frau nach dem Rechten sehen und auch kochen. Schade für mich. Ich komme dann nicht mehr soviel aus dem Heim raus.«

»So? Ich dachte, du freust dich, daß du nicht mehr zu mir kommen mußt«, sagte Burger und war sich nicht sicher, ob es Richard ehrlich gemeint oder ob er gespottet hatte.

»Ich freu mich ja riesig, daß ich mit den Leuten hier Gassi gehen darf«, erwiderte Richard.

»Komischer Kauz bist du«, brummelte Burger. »Hätte ich mir aber auch denken können, daß dir nichts an mir liegt. Einer wie du, der mit ausgefransten Hosen rumläuft und nach zwei Minuten schon mit einem wildfremden Mädchen ins Kino läuft, kann ja kein Gefühl haben.«

Der Alte drehte sich entschlossen um und ließ Richard, der hinter ihm herlachte, stehen.

Später schlenderte Burger durch den Stadtgarten und fand sich vor dem großen Kinderspielplatz am Kanaldeich wieder. Nie war er diesen Weg gegangen, und während er sich verwundert umsah, hörte er ein Lachen, das ihm bekannt vorkam. Er überquerte den Spielplatz, wo junge Frauen auf Bänken saßen und ihre Kinder beaufsichtigten; auf einem Baumstamm hockten zwei Frauen und schaukelten. Während das Gewicht nach unten zog, juchzte die ältere Frau hoch in der Luft und rief: »Susanne, nicht so stürmisch, mir wird schwindlig.«

Susanne hatte Burger wohl kommen sehen, machte ihre Großmutter aber nicht darauf aufmerksam, daß jemand hinter sie getreten war und belustigt lächelte. Erst als sie beinahe vom Stamm gefallen wäre, sprang die Gmeiner von der Schaukel und fiel Burger direkt an die Brust. Der Frau fiel nichts anderes ein, als auszurufen: »Ja, darfst du denn schon ausgehen? Du bist doch noch viel zu schwach.«

»Habe ich etwa einen Arzt gehabt, der mir das Ausgehen verboten hat?« erwiderte Burger. »Zu Hause hocken macht erst recht krank.«

Die Gmeiner ordnete verlegen ihr Haar und strich den Rock glatt. Insgeheim war sie auf Susanne wütend, weil die sie in eine so zerzauste Lage gebracht hatte. Dann fragte sie Burger, ob er, falls es ihm nicht zu beschwerlich werde, ein Stück mit am Kanal entlang laufen wolle, vielleicht bis zum Schiffshebewerk. Als der Mann zustimmte, schloß sich Susanne wie selbstverständlich an.

An beiden Kanalufern saßen Angler. Auf dem Deich blieb Burger stehen, sah hinunter zum trüben und trägen Wasser und sagte mehr zu sich als zu den beiden Frauen: »Seit meiner Kindheit laufe ich hier den Kanal entlang. Seit meiner Kindheit habe ich Leute angeln gesehen, aber noch nie jemanden, der einen Fisch an der Angel gehabt hätte. Komisches Volk, diese Angler.«

»Man angelt doch nicht, um was zu fangen«, sagte Susanne. »Man angelt einfach so, Selbstzweck. Verstehen Sie, einfach so.«

»Ach so, einfach so«, erwiderte Burger und lachte.

Susanne hakte sich bei den beiden Alten ein; Burger wurde, als er ihre Hand in seiner Armbeuge spürte, stocksteif. Er lief wie im Stechschritt, so geschmeichelt war er von der Zuneigung des Mädchens. Einträchtig spazierten sie auf der Böschung zur Stadt zurück und durch die Stadt bis in die Siedlung, in der die Gmeiner wohnte.

Vor dem Haus wollte sich Burger verabschieden. Er verbeugte sich eckig vor Susanne und wollte ihr die Hand küssen, aber die Gmeiner sagte: »Nichts da, du kommst jetzt erst mit rein und ruhst dich aus. Du bist ja ganz verschwitzt.«

Da erst bemerkte die Gmeiner den Wagen ihres Sohnes, der vor dem Haus stand. Beim Nähertreten fand sie Horst am Steuer; nervös trommelte er mit den Händen auf das Steuerrad. Ihr erster Gedanke war, Burger fortzuschicken, aber es war schon zu spät für eine Ausrede. Als Horst aus dem Auto gestiegen war, stellte ihm die Gmeiner Burger fast förmlich vor und forschte in beiden Gesichtern, ob es nach so vielen Jahren ein Wiedererkennen gab. Doch Horst nickte dem Alten nur zu, wie man einem Fremden zunickt, der gegrüßt hat; Burger deutete eine Verbeugung an und zögerte, mit ins Haus zu treten.

»Nun kommen Sie doch, Herr Burger«, sagte Susanne. »Ruhen Sie sich erst mal aus. Wir fahren sowieso bald, wie ich Vater kenne.«

In der Wohnung setzte sich der Alte auf die Couch, als sei er hier zu Hause. Horst zog trotzdem aus einer Papprolle Baupläne, entrollte sie auf dem Couchtisch und erklärte seiner Mutter umständlich die Räumlichkeiten des Hauses, Aufriß und Grundriß und Außenfassaden des fünfeckigen Baus. Die Gmeiner betrachtete die Pläne genau. Sie fuhr mit dem Zeigefinger Linien nach, und auch Burger schielte auf die Pläne, ohne dabei seine Haltung auf der Couch zu verändern.

Als die Gmeiner mit der Prüfung fertig war und die Brille abgesetzt hatte, sagte sie: »Ich verstehe nicht viel von Zeichnungen, aber ist das alles nicht ein bißchen groß geraten?«

»Für die Zukunft muß man bauen, Mutter, sonst ist alles bloß rausgeschmissenes Geld.«

»Ganz recht, Herr Gmeiner«, pflichtete ihm Burger bei, »für die Zukunft, Herr Gmeiner, ganz meiner Meinung. Ich hatte früher einen Kollegen, der hat immer gesagt: Nicht kleckern muß man, sondern klotzen. Ganz recht, für die Zukunft.«

Horst war von den Worten des Alten irritiert und sich nicht sicher, ob es ehrlich gemeint oder nur geschickt nachgeäfft war.

»So groß ist das alles«, sagte die Gmeiner. »Und die Fenster. Mein Gott, wer soll denn die bloß putzen. Aber ihr habt bestimmt eine Fensterreinigungsfirma, die das für euch macht. Einer Frau allein ist das jedenfalls nicht zuzumuten. Bei den Glasfronten wäre Fensterputzen eine Lebensaufgabe.«

»Der Herr Gmeiner hat schon recht. Für die Zukunft muß man bauen, deshalb ja auch die großen Fenster ... Licht, viel Licht, das ist gefragt heutzutage, wo alles so trübe ist.«

Horst wurde den Verdacht nicht los, Burger meinte das ironisch. Er ärgerte sich über den Alten und noch mehr über seine Mutter, die sich Burgers Einmischung nicht verbat.

Susanne hatte sich umgezogen, ihr sackähnliches Kleid übergeworfen, und blickte geradezu verächtlich auf die Bauzeichnungen. »Das ist kein Haus, Oma, das ist ein Museum. Ich wünsch mir zu Weihnachten von dir einen Kompaß, damit ich mich später in dem Palast nicht verlaufe.«

Horst hatte die Pläne wieder zusammengerollt und in die Hülle gesteckt. Er wirkte gehetzt, seine Augen gingen unstet von seiner Tochter zu Burger, der zufrieden lächelnd auf der Couch saß, als sei er dort vor urewigen Zeiten hingepflanzt worden.

Er nickte Horst und Susanne freundlich zu, als die beiden sich verabschiedeten. Die Gmeiner begleitete Sohn und Enkelin hinaus; Burger hörte, wie Horst fragte: »Es geht dir doch gut, Mutter?«

»Ja, es geht mir gut. Warum fragst du?«

Susanne rief: »Tschüß, Oma, bis zum nächsten Mal.«

Wenig später hörten sie draußen den Motor aufheulen und die Reifen quietschen.

Nach einer Weile sagte Burger: »Margarete, du hättest ihm was sagen sollen von uns beiden ...«

»Wann denn?« erwiderte die Gmeiner. »Etwa zwischen Tür und Angel?« Insgeheim hoffte sie, Susanne werde auf der Heimfahrt von Burgers Heiratsantrag erzählen, dann würde die Nachricht nicht mehr plötzlich wie eine Bombe in Köln einschlagen.

»Ich hätte Horst nicht wiedererkannt, wenn er mir auf der Straße begegnet wäre«, sagte Burger. »Aber das heißt nichts, die meiste Zeit war er ja doch nicht zu Hause.«

»Natürlich. Als er auf der Schule war, ist er jeden Tag nach Dortmund gefahren, und als er beim Studium war, hatte er in Aachen ein Zimmer, in den Ferien hat er auf dem Bau gearbeitet ... Ich werde ihm schreiben, daß wir heiraten.«

»Das ist gut, Margarete, das ist sehr gut. Beim Schreiben hat man Zeit zum Überlegen. Ein unrichtiges Wort rutscht schon mal aus dem Mund, aber nicht durch die Finger.«

»Die Edith wird sich das Maul zerreißen, wenn sie erfährt, daß ich wieder heirate. Mein Gott, der ihr Gesicht möchte ich sehen.«

»Da wäre aber vorher noch was zu klären. Du hast mir bis jetzt nicht gesagt, ob du mit der Heirat einverstanden bist.«

»Was bleibt mir denn anderes übrig, wenn du

mich dauernd so bedrängst«, sagte die Gmeiner. »Übrigens, zum Heiraten gehört ein Standesamt, damit du das weißt.«

»Aber natürlich. Standesamt, mit Papieren und Stempel... Ich weiß gar nicht mehr, wie das alles abläuft. Ein Aufgebot muß bestellt werden, und Trauzeugen muß man haben. Verheimlichen läßt es sich nicht, wenn du das vermuten solltest, auch nicht gegenüber der eigenen Verwandtschaft.«

»Wie sich das anhört. Der Horst ist mein Sohn, und die Susanne ist meine Enkelin und keine Verwandtschaft... Und das liebe Geld. Ich verliere meine Witwenrente. Ein schlechtes Geschäft.«

»Verhungern wirst du schon nicht. Du behältst ja deine Invalidenrente, hast doch zwanzig Jahre gearbeitet. Du verlierst nichts, du gewinnst.«

»Ich verliere doch. Eine Frau, die heiratet, verliert immer.«

»Mich gewinnst du«, sagte Burger mit Überzeugung und klopfte sich dabei vor die Brust. »Und denk dran, Margarete: nur einmal Miete, nur einmal Haushalt, nur einmal Heizung, aber immer das doppelte Geld. Kannst sagen, was du willst, wir beide machen ein gutes Geschäft.«

»Ich krieg einen Nörgler und einen herzkranken Mann – wenn das ein Geschäft sein soll.«

Burger rückte näher an sie und nahm sie in die Arme. Die Gmeiner ließ es willig geschehen, aber so zufrieden sie auch schien, der Besuch ihres Sohnes quälte sie. Sie ahnte seine Sorgen, die mit Geld allein nicht aus der Welt zu schaffen waren; da mußte mehr als das halbfertige Haus dahinterstecken.

An den zehn Fingern konnte sie abzählen, wie oft sie ihren Sohn in Köln besucht hatte: zu Susannes Taufe, bei ihrer Einschulung, zur Konfirmation und bei einigen nicht so wichtigen Anlässen. Wohl hatte der Sohn seine Mutter immer wieder gebeten, besonders nach dem Tod ihres Mannes, einige Tage oder auch Wochen in Köln zu bleiben, denn im Haus habe sie ein eigenes Zimmer mit Bad, Toilette und Fernseher, dazu den großen und schönen Garten hinter dem Haus, und mit der Straßenbahn sei man in einer halben Stunde in der Innenstadt, aber die Gmeiner hatte diese Einladungen stets ausgeschlagen mit Gründen, die nicht einmal ihren Sohn überzeugten. Sie weigerte sich, um ihn nicht zu verletzen, die wirklichen Gründe aufzuzählen, ihm zu sagen, daß ihr in dem großen Haus seines Schwiegervaters das Atmen schwer wurde, daß ihr alles zu eng war, daß sie seinen Schwiegervater nicht nur für grob hielt, sondern für primitiv. Nur einmal hatte sie ihrem Sohn gegenüber das rüde Benehmen des Schwiegervaters erwähnt. Horst hatte ihn entschuldigt: die Grobheit bringe der Beruf mit sich, auf dem Bau herrsche nun mal ein anderer Ton wie etwa in einer Kirche oder in einem Kindergarten, und diesen Ton bringe man zwangsläufig mit nach Hause in die vier Wände. Horsts Schwiegermutter lief, soweit sich die

Gmeiner erinnerte, nur kränkelnd und lamentierend durchs Haus, leidend, sich selbst bemitleidend; mehrmals im Jahr suchte sie irgendwo in Europa einen teuren Kurort auf und kehrte kränkelnder als zuvor nach Hause zurück. Horsts Schwager sprach, wenn er den Mund auftat, nur von Geld, Projekten, von Transaktionen, von steigenden und fallenden Kursen. Für ihn waren alle Menschen Dummköpfe, er äußerte sich nur zynisch über andere, und deswegen wahrscheinlich waren ihm schon drei Frauen weggelaufen. Und dann Edith: Anfangs hatte die Gmeiner ehrlich ein inniges Verhältnis zu ihrer Schwiegertochter gesucht, wollte sich, unter Aufgabe ihres eigenen Stolzes, mit ihr verstehen und verstand sich dann doch nicht, weil Ediths herrische und besitzergreifende Art sie abstieß. Sie mußte Edith meiden, wollte sie sich nicht selbst erniedrigen.

Oft hatte sich die Gmeiner in den zurückliegenden Jahren gefragt, welche Gründe ihren Sohn bewogen hatten, in so eine Familie einzuheiraten. Er hatte doch Augen und Ohren, war weit in der Welt herumgekommen und konnte Vergleiche ziehen. Als Susanne nach einem Jahr Ehe zur Welt kam, dachte die Gmeiner, nun würde alles leichter, Edith weicher werden, aber Edith wurde nur härter. Sie beklagte sich darüber, daß sie durch die Geburt dieses Kindes in ihrer Freiheit eingeschränkt worden sei, und später, als Susanne größer war, verstand Edith ihre Tochter als ihr ganz persönliches Eigentum.

»Ich habe ein ungutes Gefühl«, sagte die Gmeiner. »Ich glaube, bei meinem Horst stimmt etwas nicht.«

»Was soll denn nicht stimmen?« fragte Burger.

»Er war so laut, er war so nervös – nein, nervös ist nicht das richtige Wort. Er war gehetzt.«

»Jaja, die Arbeit heutzutage reibt das beste Pferd auf.«

»Aber was mach ich mir Gedanken, mir sagt ja keiner was.«

»Sagst du ihm was?« fragte Burger.

»Das ist doch wohl was anderes. Etwas ganz anderes.«

»Mach dir darüber jetzt keine Gedanken. Denk lieber an meinen Geburtstag.«

»Du hast Geburtstag? Warum hast du das nicht gleich gesagt?«

»Es ist mein einundsiebzigster. Mein Gott, wie die Zeit vergeht. Mir ist, als ob ich gestern noch zwanzig war.«

»Willst du vielleicht groß feiern?«

»Ganz groß. Mit dir zusammen. Mit meinen Freunden und mit Musik.«

»Mahlzeit«, erwiderte die Gmeiner. »Und die Arbeit bleibt an mir hängen.«

Richard hatte einen Plattenspieler und Platten besorgt, Burger das Hinterzimmer im »Grünen Baum« für den Sonntagnachmittag und den ganzen Abend gemietet. Eingeladen waren die Rentnerkollegen, dazu Richard und Hildegard und das junge Paar, das bei Burger zur Miete wohnte. Es war auch gekommen und nachmittags zwei Stunden geblieben, aber die Gmeiner merkte, daß es sich langweilte unter den alten Leuten. Obwohl die junge Frau es leise zu ihrem Mann sagte, hatte die Gmeiner es dennoch gehört: »Komm, laß uns gehn. Dieses Geseiere von gestern ist ja nicht mehr zum Aushalten. Die sind schon alle vertrocknet.«

Wenig später war das junge Paar dann gegangen, grußlos und unauffällig. Der Gmeiner war es recht, Burger war betroffen. Er machte sich Vorwürfe, vielleicht hätte er sich um das Paar mehr kümmern sollen, aber er war zu sehr mit sich selbst beschäftigt. Während der Geburtstagsfeier wollte er endlich seine Verlobung bekanntgeben, und er grübelte darüber nach, wie er es sagen sollte, ohne gleich mit der Tür ins Haus zu fallen. Er war sich nicht sicher, daß er sich nicht zum Gespött seiner Freunde machte, er war nicht sicher, daß sie nicht über ihn lachten. Nur zu oft hatte er mit ihnen über Männer seines Alters gewitzelt, die noch einmal das Risiko einer Heirat eingingen. Nun war er selbst der Betroffene, nun würden vielleicht andere über ihn lächeln.

Die Gmeiner spürte seine Unruhe. Sie drückte heimlich seine Hand; dann lächelte Burger ihr tapfer zu. Er wußte jetzt, daß es nicht dasselbe war, einen Entschluß zu fassen und diesen Entschluß dann auch laut auszusprechen.

Nach dem Abendessen erhob sich Burger feierlich und doch linkisch. Er war nicht gewohnt, Reden zu halten, auch nicht im kleinsten Kreis. Er zupfte am Revers seines schwarzen Anzugs, bosselte an seiner silbergrauen Krawatte und sah in die Runde, als ob von ihr Aufmunterung zu erwarten gewesen wäre. Mehrmals setzte er zum Sprechen an; dann überwand er sich und begann stockend zu sprechen.

»Liebe Freunde, verehrte Geburtstagsgäste. Heute, an meinem einundsiebzigsten Geburtstag, will ich es öffentlich bekanntgeben, nämlich meine Verlobung mit der neben mir sitzenden Margarete Gmeiner, Witwe des Schuhmachermeisters Albert Gmeiner, den ihr ja alle gekannt habt, denn noch heute laufen einige von euch in Schuhen herum, die er zusammengeschustert hat und die noch beim Laufen knarren, weil sie nicht bezahlt worden sind. Ja, was ich also sagen wollte, ist, daß wir in den Stand der Ehe treten werden, der Witwer und pensionierte Schneidermeister Wolfgang Burger und die verwitwete Schuhmachermeisterin Margarete Gmeiner. So, das wars. Ich trinke jetzt auf euer Wohl, und ihr trinkt auf unser Wohl. Prost.«

Keiner gab sich erstaunt. Alle wußten es längst, hatten höchstens über den Zeitpunkt der Hochzeit gerätselt. Nur Hildegard machte für Sekunden einen verschreckten Eindruck und sah mit großen Augen die Gmeiner an, als wolle sie es von ihr extra noch einmal bestätigt haben. Richard hatte sich abgewendet, während Burger sprach, und am Plattenspieler herumgedreht, als müsse er etwas reparieren; nur so konnte er sein Grinsen verbergen. Trotzdem gefiel ihm die Rede des Alten. Sie erinnerte ihn an den Pfarrer, der jeden Sonntag ins Altersheim kam und predigte.

Richard legte einen Walzer auf, aber ehe Burger mit seiner Verlobten zum Tanz antreten konnte, mußte er erst die Glückwünsche seiner Freunde über sich ergehen lassen. Nur Hildegard zischte der Gmeiner zu: »Hättest mir aber vorher was sagen können.«

»Vorher hab ichs selber nicht genau gewußt«, erwiderte die Gmeiner.

Endlich konnte Burger mit der Gmeiner tanzen. Richard wollte aus Höflichkeit Hildegard zum Tanzen auffordern; dann aber zog ihn Christoph in ein Gespräch und erklärte langatmig, wie es zu Zeiten seiner Jugend war, als sie jeden Samstag kilometerweit zu Fuß zu Tanzveranstaltungen liefen. Fahrräder hatten sie nicht, kaum einer konnte sich eins leisten, und Omnibusse verkehrten noch nicht, und wenn doch, dann waren auch die paar Pfennige zuviel, die eine Fahrkarte kostete.

Während Richard noch geduldig zuhörte, ließen sich die Gmeiner und Burger atemlos wieder auf ihre Stühle fallen. Besorgt sah die Gmeiner zu, wie Burger sein Glas Wein in einem Zug leerte und sich dann an die Herzgegend faßte und tief durchatmete.

Ewald rief: »Gut hast du gesprochen, Wolfgang. Hättest doch nach dem Krieg Bürgermeister werden sollen, als die Engländer dich geholt haben auf das Rathaus. Aber du wolltest ja nicht. Du hast damals gesagt, du willst mit den Siegern nichts zu tun haben. Dabei haben die Engländer händeringend einen gesucht, der nicht braun gewesen ist.«

Richard fragte: »Wieso? Seid ihr denn braun gewesen?«

Erst an der betretenen Stille merkte er, daß er das nicht hätte fragen dürfen. Christoph rief ihm unwillig zu: »Du junger Spund, hast kein Gewehr in der Hand gehabt und willst uns Vorwürfe machen.«

»Aber ich mach euch doch keine Vorwürfe«, erwiderte Richard. »Ich habe doch nur etwas gefragt, was ich nicht weiß.«

Keiner ging mehr auf Richards Frage ein. Die Alten erzählten sich Geschichten aus ihrer Jugend, und wenn Richard so zuhörte, dann mußte es eine unbeschwerte Jugend gewesen sein für alle am Tisch. Sie schwärmten geradezu von früheren Tagen, keiner sprach von den Nöten der Zeit, im Gegenteil, der zehn Kilometer lange Fußweg am Wochenende zu Tanzveranstaltungen war ihnen jetzt wie ein Siegesmarsch.

Der Alkohol wirkte langsam. Auch Burger ließ sich von den Geschichten seiner Freunde anstecken und überhörte die mahnenden Worte der Gmeiner, nicht soviel zu trinken. Er sprach laut von seiner

Vergangenheit, den versäumten Gelegenheiten, und immer dann, wenn wieder einer ein Erlebnis aus längst verschütteten Tagen ausgrub, wurde es mit Worten wie »Wunderbar«, »Toll«, »Kaum zu glauben« begossen. Eine Welt stand auf, die es so nie gegeben hatte. Trotzdem glaubten sie daran, sonst hätten sie nicht so fröhlich davon sprechen können.

Nur Hildegard beteiligte sich nicht am Gespräch. Sie nahm es den anderen übel, daß sie so fröhlich sein konnten. Auch sie hatte etwas zuviel getrunken; manchmal wischte sie verstohlen die Tränen aus den Augen. Inmitten der Fröhlichkeit beklagte sie ihr Schicksal, das sie mit einem Mann bestraft hatte, der seine Lebensaufgabe darin gefunden hatte, seinen Lohn zu versaufen. Deshalb hatte sie früher jeden Freitag vor dem Fabriktor gestanden und auf ihren Mann gewartet, damit sie ihm wenigstens die Hälfte seines Lohnes abtrotzen konnte für den Haushalt. Hildegard fühlte sich sogar mitschuldig an diesem Zustand, denn sie war überzeugt, ihr Mann wäre nie zum Säufer geworden, wenn sie Kinder zur Welt gebracht hätte.

Plötzlich erhob sie sich und bestand darauf, nach Hause zu gehen. Die Gmeiner erklärte, das Fest habe nun lange genug gedauert, es sei Zeit für den Aufbruch. Burger wollte gleich aufstehen; dann zögerte er und setzte sich wieder, als Ewald rief: »Seht ihr, da haben wir es. Kaum verlobt, schon unterm Pantoffel.«

Christoph rief: »Wolfgang, paß bloß auf, sonst darfst nicht mehr mit uns Skat spielen. Jaja, die Weiber, wenn die erst mal den Trauschein gerochen haben, dann schwingen sie das Szepter.«

Die Gmeiner überhörte die Anzüglichkeiten und sagte zu Burger: »Denk an dein Herz. Das geht mich jetzt auch etwas an. Schließlich sind wir verlobt.«

Burger war nicht mehr fest auf den Beinen. Er wankte und sang leise vor sich hin, als sie durch die Straßen seiner Wohnung zuliefen. Die beiden Frauen stützten ihn manchmal, und Hildegard konnte sich nicht verkneifen zu bemerken: »Gretl, da hast dir vielleicht was aufgeladen. Wärst mal lieber solo geblieben. Aber mich gehts ja nichts an.«

»Eben, Hildegard. Dich geht es nichts an, ob ich lieber solo bin oder nicht.«

Eine Woche später, nach dem Mittagessen am Sonntag, öffnete Burger umständlich seine altmodische, abgegriffene Aktentasche, über die sich die Gmeiner schon bei seinem Kommen gewundert hatte. Der Mann entnahm der Tasche Papiere und breitete sie auf dem Tisch aus. Die Frau sah verwundert zu, wie er pedantisch ein Dokument neben das andere legte; dann erst bat er sie neben sich auf die Couch.

»Ich habe alles mitgebracht, was eventuell gebraucht wird. Geburtsurkunde, Heiratsurkunde erste Ehe, Sterbeurkunde meiner Frau ...«

»Sterbeurkunde? Zu was soll denn das gut sein?« fragte die Gmeiner befremdet.

»Weißt du, falls die unsereinem auf dem Standesamt nicht glauben. Könnte ja sein, daß meine Frau nicht tot ist und irgendwo lebt, dann wäre nämlich unsere Heirat Bigamie.«

»Und das ganze Papierzeug muß ich auch haben?«

»Das war früher schon so, bei der ersten Heirat. Wir haben es nur vergessen, weil es so lange her ist. Auf jeden Fall ist es besser, immer mehr Papiere zu haben, als verlangt wird. Ich werde heute abend Richard fragen, der kennt sich in solchen Sachen aus.«

Die Gmeiner holte aus dem Küchenschrank ihr Sparbuch, das hinter den Reservetassen lag, und zeigte es dem Mann nicht ohne Stolz.

»Schau her, das ist alles, was ich mit in die Ehe einbringe.«

Der Mann nahm das Sparbuch, schlug es auf und hielt es weit von sich, um besser lesen zu können. Erstaunt rief er aus: »Sechstausend Mark? Wie hast du die zusammengekriegt mit deiner kleinen Rente? Ich habe zehntausend Mark auf der hohen Kante, wir sind gemachte Leute.«

Die Frau klatschte in die Hände und rief: »Wir sind reiche Leute. Sechzehntausend Mark. Mein Gott, ich möchte das viele Geld einmal in der Hand halten.«

»Na und, da hast nicht viel in der Hand. Das sind sechzehn Scheine, eine Klopapierrolle ist dicker...

Und dann habe ich mir gedacht, daß wir alles aus meiner Wohnung verkaufen, was wir nicht unbedingt brauchen.«

»Das wird das beste sein. Bring nicht zuviel mit, sonst platzt meine Wohnung aus allen Nähten, und wir können uns nicht mehr umdrehen.«

»Unsere Wohnung«, berichtigte er sie.

Sie begriff erst nicht, was er damit sagen wollte, sagte dann aber entschlossen: »Noch ist es meine Wohnung, noch sind wir nicht verheiratet, und du bist nur zu Besuch hier.«

»Trauzeugen müssen wir auch haben. Bei mir macht das der Christoph.«

»Ich habe Hildegard für heute nachmittag zum Kaffee eingeladen, sonst wäre sie mir böse. Die wird sich bestimmt freuen, wenn ich sie frage. Und dann habe ich gedacht, wir könnten mit dem Verkauf deiner Sachen gleich morgen anfangen – ich meine, aussortieren. Ich sehe mir alles genau an und mach eine Liste, und dann gehen wir gemeinsam noch mal alles durch, was entbehrlich ist und was wir mit hierher zu mir bringen ...«

»Zu uns«, berichtigte er sie wieder.

Hildegard trat nicht ein, sie trat auf. Sie trug ihr bestes Kleid und ihre besten Schuhe, setzte sich, ohne zu zögern und ohne darum gebeten worden zu sein, sogleich neben Burger auf die Couch, als sei das seit Jahren ihr angestammter Platz, griff das größte Stück Kuchen vom Tortenteller und mampfte genüßlich. Dabei blickte sie Burger an, als sei der Mann ihr eine Erklärung schuldig.

»Hildegard«, sagte die Gmeiner, »willst bei mir Trauzeuge werden?«

Hildegard legte das angebissene Stück Kuchen weg und sah von einem zum anderen.

Dann sagte sie: »Also weißt, Gretl, ich wäre echt böse gewesen, wenn du mich übergangen hättest. Sie müssen wissen, Herr Burger, seit fünfzig Jahren hängen wir beide zusammen, die Gretl und ich, den Horst habe ich auf meinem Schoß gewartet. Nebeneinander haben wir, die Gretl und ich, in der Fabrik gearbeitet, als die Zeiten so schlecht waren im Krieg und dann danach. Na ja, manchmal haben wir schon gestritten, aber ich habe niemals was auf die Gretl kommen lassen. Wenn einer was gegen sie gesagt hat, bin ich ihm gleich übers Maul gefahren. Stimmts, Gretl? ... Sag mal, hast du dem Horst schon geschrieben? Der muß doch zuerst erfahren, daß du wieder in den Stand der Ehe treten willst ... Am Kuchen fehlt aber was ...«

»Am Kuchen fehlt nichts«, erwiderte die Gmeiner unwillig. »Und dem Horst werde ich schon noch schreiben. Vielleicht hat es Susanne in Köln schon ausposaunt ... Und noch was, Hildegard, als Trauzeuge ziehst du dein blaues Kostüm an, falls du noch reinpaßt. Und häng es bitte acht Tage an die frische Luft, sonst ersticken wir am Gestank deiner Mottenkugeln ...«

»Jetzt weiß ich, was fehlt. Salz fehlt. Ohne Salz ist ein Kuchen wie ein Mensch ohne Nachthemd ... Denk dran, dein Horst hat viele Termine und kann nicht Knall auf Fall weg, wie er gern möchte. Er muß früh genug Bescheid wissen.«

»Das stimmt, was Sie da gesagt haben. Früh genug muß der Horst Bescheid wissen«, sagte Burger.

»Um Himmels willen, Wolfgang, sag jetzt bitte du zur Hildegard, wo sie doch meine Trauzeugin wird.«

Sogleich sprang Hildegard auf und brachte aus dem Kühlschrank eine Flasche klaren Schnaps und aus dem Küchenschrank drei Gläser, die sie vollschenkte. Sie prostete Burger zu, ohne sich um die Gmeiner zu kümmern.

»Ich heiße Hildegard. Wenn du schön brav bist, dann darfst du Hilde zu mir sagen.«

»Und ich heiße Wolfgang. Prost.«

»Und noch was, Wolfgang. Wenn wir auch jetzt du zueinander sagen, dann heißt das noch lange nicht, daß du frech werden darfst ... Mein Gott, daß ich das noch erlebe auf meine alten Tage. Noch mal aufs Standesamt kommen können, ohne selber heiraten zu müssen. Ein Leben ist das, richtig aufregend.«

Am frühen Abend dann verabschiedete sich Burger; er fürchtete, Richard könnte mit dem Essen vor verschlossener Tür stehen.

»Sag mal, Gretl«, fragte Hildegard, als der Mann

gegangen war, »was ist denn in der Tasche vom Burger? Die muß bestimmt hundert Jahre alt sein, so abgewetzt ist die.«

»Da ist unser ganzer Reichtum drin, eine Million in bar«, antwortete die Gmeiner.

»Schön wärs, Gretl, die könnten wir jetzt brauchen ... Was ich gestern wieder ausgegeben habe! Alles wird teurer. Wieso kann das Zeug nicht billiger werden? Ob wir das noch erleben, daß etwas billiger wird?«

Ernsthaft erklärte die Gmeiner: »Wenn alles billiger wird, dann verdienen die Leute nichts mehr, und wenn sie nichts verdienen, dann können sie auch nichts kaufen, und wenn sie nichts kaufen können, dann funktioniert die Wirtschaft nicht, hat mir mein Horst erzählt.«

»Hör auf, das studierte Zeug soll einer verstehen ... Ach ja, wenn der Albert noch leben würde. Auf den war Verlaß, der konnte alles so erklären, daß man es wenigstens verstanden hat. Aber wenn er noch leben würde, könntest du ja nicht wieder heiraten.«

Die Gmeiner war ob dieser Logik einige Sekunden sprachlos. Dann antwortete sie ernsthaft: »Da siehst du mal, Hildegard, zu was so ein Tod gut ist: daß man nämlich noch einmal heiraten kann, wenn man will.«

»Wie du über den Albert sprichst! Der dreht sich im Grab um, wenn er das hört.«

»Ich habe nicht über Albert gesprochen, ich habe über den Tod gesprochen, und der ist was Ernstes.«

»Weißt, Gretl, ich kann es mir überhaupt nicht vorstellen, daß bald ein Mann hier in deiner Wohnung rumsitzt und stört.«

»Du wirst dich dran gewöhnen müssen, ich muß mich auch daran gewöhnen. Vielleicht ist es ganz gut, wenn wieder ein Mann im Haus ist.«

»Kannst mir sagen, was du willst. Seit du mit diesem Burger zusammen bist, seitdem bist du anders. Ordinär redest du daher, jawohl, ordinär. Du merkst das schon nicht mehr, so hat dich das Mannsbild umgekrempelt. Verdorben hat er dich, jawohl. Das wollte ich dir schon lange sagen.«

Die Gmeiner schaltete den Fernseher ein, um Hildegard zum Schweigen zu bringen. Die stand auf, drehte leiser und sagte voller Vorwurf: »Willst eigentlich für das ganze Haus spielen?«

»Das ist die einzige Methode, dich zum Schweigen zu bringen ... Und damit für die Zukunft alles seine Ordnung hat: Misch dich bitte nicht in meine Angelegenheiten. Ich misch mich auch nicht in deine Angelegenheiten.«

»Bei mir kannst dich gar nicht einmischen, ich hab überhaupt keine Angelegenheiten«, erwiderte Hildegard. »Stell den Burger doch in einen Glasschrank und bete ihn dreimal am Tag an. So benimmst du dich nämlich in letzter Zeit.«

Ohne weiter ein Wort zu wechseln, blieben beide

Frauen vor dem Fernsehapparat sitzen, bis die Spätnachrichten angesagt wurden.

Die Gmeiner fühlte die Qualität der Bettwäsche, Tischdecken und Handtücher in ihren Fingern, prüfte alle Stücke auf ihre Verwendbarkeit, nickte zustimmend oder schüttelte zweifelnd den Kopf. Ab und zu hielt sic cin Teil gegen das Licht am Fenster. Mit Staunen hatte sie herausgefunden, daß sowohl Bett- als auch Tischwäsche und Taschentücher kunstvoll eingestickte Monogramme trugen. Mein Gott, dachte die Gmeiner, war das eine Arbeit – genau wie bei mir. Als Mädchen hatte sie ihre ganze Aussteuer zeichnen müssen, hatte ihre Mutter deshalb eine Zeitlang gehaßt, denn die Finger waren vom Sticken wund, vom Häkeln manchmal krumm gewesen.

Burger saß auf seiner durchwetzten Couch und sah der Frau geduldig bei der Prüfung der Wäsche zu. Er genoß es, wenn die Gmeiner anerkennend nickte; für ihn war es höchstes Lob, wenn sie zu verstehen gab, sein Haushalt, obwohl drei Jahre ohne sorgende Frau, sei sauber und gepflegt.

»Die Wäsche nehmen wir alle mit«, sagte die Gmeiner. »Wäsche kann man immer brauchen, Wäsche kann man nie genug haben, hat meine Mutter schon gesagt, und sie hat recht gehabt.« Die Gmeiner trat an die Kommode mit den vier hohen, messingbeschlagenen Schubfächern und strich mit den Fingern über die glatte Oberfläche. Sie verstand wenig vom Wert solcher Möbel, wußte aber, daß für manche Stücke wieder gutes Geld gezahlt wurde von Leuten, denen alt mehr bedeutete als praktisch.

»Die nehmen wir mit. Dafür werfe ich meinen Resopalschrank raus, der ärgert mich schon lange.«

»Ja«, sagte Burger erleichtert, »das ist noch Qualität. Das war ein Hochzeitsgeschenk meiner Schwiegereltern.«

Die Frau wies durch das Zimmer auf diesen oder jenen Gegenstand, auf eine Stehlampe, den alten Ohrensessel, einen großen und unförmigen Wandschrank, auf die dünn und blaß gewordenen, im Grunde wertlosen Teppiche.

»Das geben wir alles weg, das wird uns keiner mehr abkaufen. Wir müssen selber sehen, wie wir es loswerden.«

»Ich kenne seit Jahren aus meiner Kneipe ein paar Türken, die sind froh, wenn sie den Plunder abholen dürfen.«

»Verkaufen können wir aber deine Nähmaschine dort in der Ecke. Die verschenken wir nicht. Dafür gibt es noch gutes Geld.«

Burger erhob sich langsam von der Couch und sah die Frau entgeistert an. Er schnaufte tief auf, bevor es aus ihm herausbrach: »Du willst meine Maschine verkaufen? Ich glaub, mich tritt ein Pferd.« Trotzig fügte er hinzu: »Die Maschine kommt mit, so wie ich mitkomme.«

»Aber ich hab doch noch die Nähmaschine vom Albert, die ist fast neu. Was sollen wir denn mit zwei Maschinen?«

Burger machte eine wegwerfende Handbewegung.

»Eine Schusternähmaschine ist eine Schusternähmaschine, eine Schneidernähmaschine ist eine Schneidernähmaschine. Ich will schließlich keine Schuhe flicken, ich will Kleider nähen. Verkauf du doch deine Schusternähmaschine.«

»Was soll ich? Verkaufen? Ja spinnst du! Der Albert dreht sich im Grab um, wenn er das erfährt. Da brauchen wir uns beide nicht mehr drüber zu unterhalten: Dem Albert seine Maschine bleibt.«

»Und meine Maschine geht mit, oder ich bleibe auch hier, damit das ein für allemal klar ist. Stell deine Maschine doch in den Keller.«

»Der Keller ist zu feucht«, erwiderte die Gmeiner und war verwundert über Burgers Hartnäckigkeit und darüber, wie entschieden er sprach. Sie hätte ihm diese Hartnäckigkeit nicht zugetraut.

»Wenn der Keller feucht ist, dann verkauf sie. Ich verkaufe jedenfalls nicht.«

»Aber Wolfgang, sei doch vernünftig. Du nähst ja doch keine Kleider mehr.«

»Nähst du vielleicht noch Schuhe?« erwiderte er.

»Ich will auf keinen Fall eine Schneiderwerkstatt in meiner Wohnung – in unserer Wohnung haben, wo dann womöglich fremde Leute zur Anprobe kommen.«

Burger verschränkte die Arme über der Brust und

starrte auf seine Nähmaschine, als dürfe er sie keine Sekunde aus den Augen lassen. Ohne die Frau anzusehen, sagte er: »Es gibt immer was zu nähen, entweder bei mir oder bei dir, du kennst doch selber den Haushalt. Oder glaubst du vielleicht, ich als Schneidermeister trage meine Sachen zu einem fremden Schneider? Das ist doch – jawohl, Irrsinn wär das.«

»Das wenige, das es bei uns zu nähen gibt, kannst doch auf meiner Maschine nähen.«

»Deine, deine. Hör jetzt auf. Mit deiner kann ich ja nicht mal ein Futter steppen ... Also, wir brauchen nicht weiter zu streiten. Entweder ich komme mit meiner Maschine oder ich komme überhaupt nicht. Basta.«

Die Gmeiner spürte, daß sie an eine Grenze gekommen war, die auch sie nicht überschreiten durfte, ohne Schaden anzurichten. Sie begriff, daß dem Mann die Nähmaschine mehr war als nur ein technisches Gerät; auch Albert hätte seine Maschine nicht weggegeben, genauso verbissen darum gekämpft.

Die Gmeiner tat so, als laufe sie wieder prüfend durch die Wohnung, als schätze sie dies, betaste das, aber sie wollte nur Zeit gewinnen, überlegen, wie sie einen Rückzieher begründen konnte. Burger hatte sich wieder auf die Couch gesetzt, stocksteif und mit verschränkten Armen, starr den Blick auf die Nähmaschine gerichtet.

Endlich setzte sich die Gmeiner neben ihn und nahm seine Hand.

»Was meinst du, was kriegt man eigentlich noch für so eine Schusternähmaschine? Sie ist fast neu.«

»Sie ist nicht neu, sie ist nur wenig gebraucht. Das neueste Modell ist sie nicht mehr.«

»Grundsolide ist die Maschine. Albert hat immer auf Qualität geachtet.«

»Ich denke, vierhundert Mark müßte sie schon noch bringen.«

»Nicht mehr? Dann laß uns morgen ein Inserat in die Zeitung setzen, vielleicht finden wir schnell einen Käufer. Was kostet eigentlich so ein Inserat?«

»Dreißig Mark, denke ich, wenn es klein ist.«

Burger umfaßte ihre Schultern und drückte die Frau fest an sich. Sie war zufrieden, weil er zufrieden war. So saßen sie noch lange, ohne ein Wort zu sprechen. Der Frau war mit einem Mal klargeworden, daß der Mann Abschied von seiner Wohnung nahm, seinem Haus, in dem er geboren worden war, sein Vater, sein Großvater ebenfalls, und in dem er ein Menschenalter gelebt hatte. Ihr war bewußt geworden, daß Burger sie wirklich gern haben mußte, denn nicht sie zog zu ihm, sondern er zu ihr in eine Zweieinhalbzimmerwohnung, in ein uniformes Neubauviertel. Ihn schreckte nicht einmal Hildegard, die sich nicht in Luft auflösen würde. Schließlich wohnten sie Tür an Tür, und Hildegard würde das bleiben, was sie immer war: neugierig und aufdringlich.

»Komm, wir gehen«, sagte die Gmeiner.

Seit der Rheinfahrt hatte es sich so eingespielt, daß

sie nur noch eingehakt durch die Stadt liefen. Alle sollten sehen, daß sie zusammengehörten; beiden war es bedeutungslos geworden, was die Leute hinter ihren Rücken tuschelten. Die Frau fühlte sich sogar geschmeichelt, daß ein immer noch gut aussehender Mann Interesse für sie aufbrachte.

Vor dem Rathaus deutete Burger zum ersten Stock hinauf, auf ein Butzenscheibenfenster.

»Am Montag sind wir da oben.«

»Was ist da oben?« fragte sie.

»Das Standesamt natürlich. Willst noch umkehren? Noch hast du Zeit.«

»Keine Sorge. Ich habe keine kalten Füße gekriegt, die kriege ich nur im Bett. Aber du wirst sie mir wärmen. Zu was hat man denn sonst einen Mann.«

»Umgekehrt«, erwiderte er lachend und zog sie fort.

Die Gmeiner war auch nicht ungehalten, als Burger dem »Grünen Baum« zusteuerte, wo er sich mit seinen Rentnerkollegen zum Skat traf. Sie saßen schon am Ecktisch und tranken Bier und sahen betreten drein, als Burger mit der Frau auftauchte. Dann aber faßte sich Christoph und sagte: »Sieh einer an. Daß es dich auch noch gibt. Hast Ausgang bekommen? Hat dich die Angebetete beurlaubt?«

»Aber nur unter Aufsicht«, rief Ewald und schielte verstohlen zur Gmeiner. Die aber saß lächelnd und wohlgefällig am Tisch und sah zu, wie Burger die Karten mischte und verteilte.

»Sag mal, kann deine Zukünftige auch Karten spielen?« fragte Christoph.

»Beruhigen Sie sich«, antwortete die Gmeiner, »ich verstehe nichts vom Kartenspiel. Aber gewinnen muß er schon, der Wolfgang, denn zukünftig muß er ohne Taschengeld aus dem Haus und es sich beim Kartenspielen verdienen. Wissen Sie, ich bin nämlich geizig.«

Keiner fand eine angemessene Erwiderung. Sie spielten zwar wie immer, aber beim Spiel blickten sie doch manchmal zu der Frau, die allen zulächelte und Burger auf die Schulter klopfte, wenn er gewonnen hatte.

Die Gmeiner hatte, wenn auch widerwillig, dem Drängen Hildegards nachgegeben und schrieb den notwendigen Brief an ihren Sohn. Sie hatte deswegen Hildegard aus der Wohnung gewiesen: sie müsse beim Schreiben allein sein, sie müsse sich sammeln und nicht immer das Gefühl haben, jemand schaue ihr über die Schulter, sie müsse in dieser delikaten Angelegenheit jedes Wort abwägen. Die Gmeiner hatte Angst vor dem Brief und suchte nach Ausflüchten, sich vor dem Schreiben zu drücken.

Als sie den Schreibblock auf den Tisch gelegt hatte, umkreiste sie mehrmals den Tisch, als liege dort etwas, das zu berühren gefährlich werden könnte. Und weil sie keinen angemessenen Anfang fand, schrieb sie erst einmal die Adresse auf den Briefumschlag. Dreimal warf die Gmeiner dann den begonnenen Brief wieder weg, weil ihr die Anfänge zu plump vorkamen. Sie dachte, fände sie sofort den passenden Anfang, würde die Bestürzung ihres Sohnes nicht mehr so groß sein.

Mitten im vierten Versuch sprach sie dann jedes Wort, das sie niederschrieb, laut vor sich hin. Weil sie sehr langsam schrieb, sprach sie langsam wie ein Kind, das laut aus einem Buch buchstabiert: »... wollte ich es Dir schon lange sagen, als Du das letzte Mal hier gewesen bist, daß ich mich wieder verheiraten werde. Du hast ihn kennengelernt, den Schneidermeister Burger, dann werde ich Burger heißen. Du wirst sagen, das ist eine Dummheit, aber es gibt kein Gesetz bei uns, das verbietet, daß alte Leute noch einmal heiraten ...«

Sie warf den Füller auf den Tisch, lief unruhig im Wohnzimmer auf und ab, wollte auch diesen Brief zerreißen und schrieb dann doch weiter: »... der Burger hat überhaupt niemanden mehr, ich habe wenigstens Euch, auch wenn ich Euch nicht habe. Ob das Liebe ist mit dem Burger, das weiß ich nicht, denn bei Deinem Vater damals war es etwas anderes, weil wir doch so jung gewesen sind. Das wollte ich Dir schreiben. Es grüßt Dich Deine Mutter.«

Sie faltete den Brief sorgfältig und schob ihn in den Umschlag. Ehe sie ihn zuklebte, nahm sie den Brief noch einmal heraus und schrieb: »PS. Jetzt mußt Du sehen, wie Du das der Edith beibringst.

Wir gehen nicht in die Kirche, nur auf das Standesamt. Vielleicht verreisen wir auch für ein paar Tage, irgendwohin, wo es nicht viel Geld kostet. Wenn nur nicht alles so teuer wäre. Aber wenn wir hier bleiben, müssen wir auch in eine Gaststätte gehen und ein Essen für die Gäste bezahlen, für die Freunde vom Burger, und das kostet auch Geld.«

Endlich klebte sie den Brief zu und wollte ihn gleich in den Briefkasten werfen. An der Haustür hielt sie inne. Sie fürchtete sich plötzlich, den Brief abzuschicken, stieß die halbgeöffnete Tür wieder zu, zerriß in der Küche den Umschlag samt Brief und warf die Schnipsel in den Mülleimer. Dann setzte sich die Gmeiner erschöpft auf einen Stuhl und starrte auf den Mülleimer.

Feige bin ich, sagte sie sich, kleinmütig bin ich, sagte sie sich. So weit ist es also mit mir gekommen, daß ich Angst vor meinem eigenen Sohn habe. Siebzig bin ich geworden und fürchte mich vor Horsts Mißbilligung. Am Ende meines Lebens bin ich angelangt und scheue mich, offen zu bekennen, daß ich nicht mehr alleine leben will. Mein Gott, warum lächeln die Menschen bloß, wenn zwei alte Menschen zusammen sein wollen. Warum ist die Liebe für junge Menschen ein Glück und für uns Alte eine Torheit.

Sie stand auf und wühlte im Mülleimer, bis sie das Schnipsel fand, auf dem die Briefmarke klebte. Die Gmeiner löste die Marke mit warmem Wasser ab und legte sie auf den Küchentisch zum Trocknen.

Aber es nützt alles nichts, dachte sie. Auch wenn ich es heute verschoben habe, ich muß ihm schreiben, ich darf das nicht auf die lange Bank schieben. Susanne hat anscheinend zu Hause nichts berichtet, sonst wäre von Horst ein Brief gekommen. Ich muß etwas unternehmen. Ich darf meinen einzigen Sohn nicht vor vollendete Tatsachen stellen, das fordert schon der Anstand.

Schließlich hielt sie es in ihrer Wohnung nicht mehr aus. Sie klingelte bei Hildegard, die sofort öffnete, als hätte sie hinter der Tür auf das Klingelzeichen gewartet.

»Na Gretl, hast endlich den Brief geschrieben?«

»Ja, ich habe endlich den Brief geschrieben.«

»Das ist gut«, sagte Hildegard und zog die Gmeiner in die Wohnung.

Am frühen Abend des folgenden Tages besuchte die Gmeiner ihren künftigen Mann. Verwundert beobachtete sie, wie zwei Türken die alte Couch die Treppe hinabtrugen und vor dem Haus auf einen Handwagen luden. Oben in der Wohnung saß Burger beim Essen. Richard blätterte in Zeitschriften. Beim Eintritt der Gmeiner sprang er sofort auf und bot ihr seinen Platz an.

»Warum hast du die Couch jetzt schon weggegeben?« fragte die Gmeiner.

»Heute oder morgen oder in einer Woche, was ändert das schon«, erwiderte Burger, ohne seine

Mahlzeit zu unterbrechen. »Je schneller alles weg ist, desto besser. Die Wohnung soll leer werden. Sag mal, Richard, du fährst uns doch zum Standesamt?«

»Klar. Versprochen ist versprochen«, antwortete Richard, ohne von der Zeitschrift aufzusehen.

»Warte mal, bis du heiratest«, brummte der Alte.

»Ich? Herr Burger, ich bitte Sie. Ich schaffe mir lieber einen Hund an, der gehorcht und ist billiger.«

»Spuckt nur große Töne. Das haben vor dir schon Klügere gesagt. Am Ende hatten sie einen Hund und eine Frau ... Kannst ruhig hier bleiben, brauchst nicht wegzurennen.«

»Ich geh lieber. Ich sag immer, Liebende soll man allein lassen in ihrem Schmerz.«

Burger warf ihm einen Pantoffel nach, Richard duckte sich geschickt, und bevor er die Wohnung verließ, streckte er dem Alten die Zunge heraus.

Als Richard gegangen war, fragte die Gmeiner zögernd: »Müssen es denn unbedingt Türken sein, Wolfgang? Ich weiß nicht recht, ich hab nichts gegen diese Leute, aber geheuer sind sie mir auch nicht. Die gucken immer so finster drein.«

»Warum denn keine Türken? Weißt du, was die Deutschen sagen würden? Schaffen Sie den Plunder doch selber auf den Müll, das sagen die.«

Die Frau vermißte die schmuddelige und abgewetzte Couch. Es war auf ihr so gemütlich gewesen; auch wenn die Federn knackten, man konnte wenigstens nebeneinander sitzen. Jetzt saßen sich die Gmeiner und Burger auf harten Stühlen gegenüber.

»Mein Gott, Wolfgang«, sagte die Gmeiner, »wenn ich denke, wie man früher für das alles hier geschuftet hat. Heute wird es einfach verschenkt. Pfennig auf Pfennig hat man gelegt, damit man sich das kaufen konnte. Und jetzt kriegen das alles fremde Leute. Einfach so. Das ganze Leben hängt doch an dem alten Zeug.«

»Halt jetzt bloß keinen Trauergottesdienst ab. Ich weine den alten Sachen nicht hinterher. Ich kriege dafür nämlich etwas viel Besseres, das ist viel wichtiger.«

»Besseres?« fragte sie.

»Natürlich. Dich!«

Am liebsten wäre sie aufgesprungen und hätte ihn geküßt, aber sie war verlegen, ihr fehlte der Mut.

»Was ich sagen wollte, ich habe geplant«, sagte Burger leichthin, um ihre Verlegenheit zu überspielen.

»Planst wohl nur noch, was? Und was hast du geplant?«

»Eine Hochzeitsreise. Guck nicht so entgeistert. Bei der ersten Hochzeit konnten wir uns das nicht leisten, meine Frau und ich. Wir hatten einfach kein Geld. Und wer in unserer Jugend ist damals schon verreist. Nur reiche Leute.«

»Hochzeitsreise, wir zwei alten Dampfer. Wie

stellst du dir das vor? Vielleicht nach Venedig oder Paris?«

Burger schlug sich vor die Stirn und rief übermütig: »Was hast du gesagt? Paris? Siehst du, das ist es, was mir nicht eingefallen ist. Jawohl, Paris. Ich wollte schon immer mal was Verrücktes anstellen. Paris, das ist was Verrücktes. Eiffelturm, jawohl, da fahren wir hinauf. Einmal die Welt von oben sehen: das ist nämlich was ganz anderes, als immer nur die Welt von unten sehen.«

»Komm, fang nicht zu spinnen an. Paris ist doch nur was für Verliebte.«

Burger stand mit feierlichem Gehabe auf, breitete die Arme aus, sah auf die Frau hinunter und sagte mit fester Stimme: »Natürlich, für Verliebte. Ich bins nämlich.«

Wieder wollte ihm die Gmeiner dafür einen Kuß geben, wieder fehlte ihr der Mut. Deshalb sagte sie sachlich: »Hast schon mal überlegt, was das kostet? Du bist doch der große Planer, dann sei auch mal der große Rechner.«

»Wir haben doch Geld. Sechzehntausend Mark. Willst das Geld mit ins Grab nehmen oder vielleicht vererben? Denk dran, Erben sind Ungeziefer, und das juckt. Ausgeben werden wir das Geld, auf den Kopf hauen, verprassen. Wir werden nur noch Taxi fahren, fressen werden wir, saufen, in den besten und teuersten Restaurants werden wir verkehren, ach was, speisen werden wir mit allen hundert Vor- und

Nachspeisen. Den besten Wein werden wir trinken, durch die Gurgel werden wir ihn jagen ... Paris, wir kommen!«

»Jetzt bist du total übergeschnappt ... Aber Paris, das ist schon ein Traum.«

»Übergeschnappt?« rief Burger. »Ich wollte schon immer mal übergeschnappt sein. Eiffelturm – wir kommen! Ja, Margarete, ein Traum ... Und den werden wir uns erfüllen. Einmal im Leben muß man sich einen Traum erfüllen.«

Die türkische Familie, der Burger seine Habe versprochen hatte, trug behutsam Stück für Stück, Teil für Teil aus dem Haus auf die Straße, wo zwei große Handwagen standen, auf die die Türken mit viel Geschick alles auftürmten und verschnürten. Burger saß allein auf einem Stuhl mitten im Zimmer und sah zu, wie seine Wohnung leerer wurde. Er fühlte nicht einmal Bedauern über den Verlust jener Dinge, die ihn ein Leben lang begleitet hatten und für deren Erwerb er zusammen mit seiner Frau hatte sparen müssen. Er saß da wie eine Statue, regungslos, hörte nicht einmal das fröhliche Singen der Türken, hörte nicht, wie sie mit ihm radebrechten, ihm zu verstehen gaben, daß sie nun wieder ein Stück aus der Wohnung trugen und für alles dankbar waren. Wie durch einen Schleier nahm Burger wahr, daß einmal Richard in der Tür stand; der Alte wollte ihm zulächeln, es glückte ihm aber nur ein schiefes Gesicht.

Auch Richard wollte mit Burger sprechen, seine Hilfe anbieten. Als er jedoch den alten Mann so allein inmitten der Wohnung sitzen sah, kehrte er um und rannte die Treppe hinunter. Burger tat ihm plötzlich leid. Was Richard gesehen hatte, war wie ein Bild mit dem Titel ›Trauer‹.

Unten luden die Türken auf einen dritten Handwagen, was in die Wohnung der Gmeiner geschafft werden mußte. Das war nicht viel: das kleine Mahagonischränkchen, die Kommode, die Wäsche, die von der Gmeiner eingepackt und verschnürt worden war, weil sie den Türken nicht traute, und natürlich die Schneidernähmaschine, über deren polierte Abdeckung einer der Türken immer liebevoll und begehrlich zugleich mit seinen Fingern strich.

Auf einmal war die Wohnung leer. Die Nähmaschine blieb zurück und ein einziger Stuhl, auf dem Burger saß ohne Leben. Die Gmeiner blieb betroffen auf der Schwelle stehen. Sie mußte sich beherrschen, um nicht loszuheulen, als sie den Mann mumiengleich in dieser Trostlosigkeit sitzen sah. Die Gmeiner beobachtete ihn eine Weile: Nichts in seinem Gesicht regte sich. Sie war sich nicht einmal sicher, ob er ihre Anwesenheit überhaupt bemerkt hatte. Die Augen lagen wie blind in den Höhlen, der Mund war halb geöffnet wie bei einem eben Verstorbenen, dem man die Augen zu schließen vergessen hatte.

Die Gmeiner trat mit schnellen Schritten auf Burger zu, stellte sich hinter ihn und legte beide Hände auf seine Schultern.

»Zum Fürchten ist das, Wolfgang. Nichts ist trostloser als eine leere Wohnung.«

»Dafür wird es bei dir um so schöner«, antwortete er und drückte ihre Hände. »Gemütlich wird es werden, Margarete, ich freue mich schon darauf.«

Der Türke, der so begehrlich die Nähmaschine gestreichelt hatte, kam ein letztes Mal und überreichte beiden eine Flasche Wein.

»Ist türkischer Wein. Guter Wein. Ihr ihn trinken zur Hochzeitsnacht. Geschenk von uns. Wir sagen in dem Dorf in Anatolien: Junge Liebe ist von Erde, späte Liebe ist vom Himmel. Wir bringen Sachen jetzt in Wohnung von Frau. Wir wissen Bescheid, wer hat Schlüssel.« Er wies auf die Nähmaschine.

»Du Maschine verkaufen? Wir wollen nicht geschenkt, wir bezahlen.«

»Nein«, rief die Gmeiner, »die Maschine wird nicht verkauft. Die bringt ihr in meine Wohnung. Der Mann ist Schneider.«

»Ich verstehe. Schöne Maschine. Gute Maschine. Gute Qualität. Der Mann ist Schneider. Ich verstehe.«

Als die Maschine hinausgetragen worden war, beugte sich die Gmeiner hinunter zu Burger und küßte ihn auf den Mund. Endlich erhob sich der alte Mann und sah sich wie erwachend um.

»Nur jetzt nicht nachweinen«, sagte er. »Nur

nicht traurig werden, Margarete, bloß nicht zu rechnen anfangen, das bringt nichts.«

Er schien zufrieden, daß das hier nun zu Ende war, ein neuer Abschnitt seines Lebens begonnen hatte. Eilig drängte er aus der Wohnung, zog die Frau mit sich; auf halber Treppe kehrte er noch einmal um und holte den Stuhl, auf dem er gesessen hatte. Weil seine Mieter noch nicht zu Hause waren, stellte er ihn vor die Tür. Die junge Frau hatte sich von ihm den Stuhl ausbedungen, als Erinnerung, wie sie sagte. Die Gmeiner war an Burgers Wohnungstür stehengeblieben und hatte sich noch einmal umgesehen; die hellen Flecken an den Tapeten kamen ihr vor wie grinsende Gesichter.

Auf der Straße betrachtete Burger aufmerksam die Fassade seines Hauses. Es war noch gut in Schuß, vielleicht konnte es renoviert werden, vielleicht würde man es unter Denkmalschutz stellen. Auf einmal kam ihm ein Gedanke: Wer wird das alles erben, wenn ich einmal abtrete, denn zu erben gibt es etwas – wenn nicht das Haus, dann wenigstens das Grundstück.

»Ich werde in den nächsten Tagen einmal mit meinen Mietern reden, wie das weitergeht mit dem Haus«, sagte er. »Wenn sie es wollen, werde ich es ihnen verkaufen. Viel werden wir dafür nicht mehr kriegen, aber es wird genug sein, daß wir uns noch ein paar schöne Jahre machen können, ohne den Pfennig in der Hand umzudrehen. Ich habe keine

Erben, und wenn ich welche hätte, dann wäre das erst recht ein Grund, vorher alles zu verprassen … Na komm, Margarete, heul nicht, es lohnt nicht. Freu dich, ich freu mich auch. Sei froh, endlich sind wir alles los, den alten Krempel und damit die Vergangenheit. Jetzt fangen wir an zu leben. Wir können nicht mehr alles nachholen, aber das wollen wir ja auch nicht.«

Am Ausgang der Kirchgasse zum Kirchplatz standen zwei Nachbarinnen, die verlegen wegsahen, als die beiden Alten eingehakt an ihnen vorbeigingen. Eine der beiden Frauen rief Burger hinterher: »Wir hätten Ihnen auch was abgenommen, Herr Burger, aber Sie haben uns ja nicht gefragt.«

»Nein, ich habe Sie nicht gefragt«, erwiderte Burger freundlich und zog seinen Hut bis auf die Brust.

»Warum warst du denn so kurz angebunden«, fragte die Gmeiner, als sie außer Hörweite der beiden Frauen waren.

»War ich das? Aber ich habe doch meinen Hut gezogen, ganz tief. Ich kann beide nicht leiden. Die eine, die eine schwarze Perücke aufhatte, die wollte mich heiraten.«

Hildegard hatte die Türken in die Wohnung der Gmeiner gelassen; die hatten alles inmitten des Wohnzimmers abgestellt. Burger ging sofort ins Schlafzimmer und ließ sich erschöpft auf das Bett fallen. Er atmete schwer, Schweiß perlte auf seiner

Stirn. Die Gmeiner war ihm besorgt gefolgt und hörte angstvoll auf seinen stoßenden Atem.

»Es ist nichts, Margarete«, sagte er, »es war nur für einen alten Mann ein wenig viel auf einmal. Ausziehen, umziehen, einziehen. Weißt, es war das erste Mal in meinem Leben, daß ich umgezogen bin. Es soll Leute geben, die alle zwei Jahre in eine andere Wohnung ziehen.«

»Das muß schrecklich sein«, erwiderte die Frau und ließ sich neben ihn auf das Bett fallen. Dort lagen sie lange, ohne zu sprechen. Nur ihre Hände suchten sich und hielten sich fest.

»Sag mal, in welchem Bett willst eigentlich schlafen«, fragte sie endlich.

»Am Fenster. Da fühle ich mich freier ... Was ist denn das für eine Schnur?«

»Zu meiner elektrischen Heizdecke. Kennst das nicht?«

»Du schläfst mit einer Heizdecke?« fragte er verwundert und setzte sich auf.

»Das Schlafzimmer ist nicht heizbar. Was glaubst du, was es hier drinnen manchmal kalt werden kann. Und nicht nur im Winter. Die Decke ist nur zum Anwärmen. Eine Stunde vor dem Schlafengehen schalte ich sie ein, und wenn ich im Bett liege wieder aus.«

»Und ich? Soll ich vielleicht als Eisklumpen neben dir liegen?«

»Wir kaufen eine zweite«, sagte sie.

»Kaufen? Die Läden machen gleich dicht!« rief er.

»Morgen, Wolfgang, morgen.«

»Und heute? Du denkst überhaupt nicht an mich. Fängt ja gut an, muß ich schon sagen.«

Etwas ärgerlich geworden erwiderte sie: »Hör jetzt auf. Du hast die ganze Zeit ohne Heizdecke geschlafen, hast nicht mal gewußt, was eine Heizdecke ist. Es wird auch noch eine Nacht ohne gehen. Weißt was, ich lege meine Decke quer, dann kriegst du auch was ab. Einverstanden?«

»Na so was. Ich kriege auch was ab. Almosen. Fängt ja gut an.«

»Gehst du eigentlich früh schlafen?«

»Kommt drauf an. Wenn Fußball im Fernsehen ist, dann wird es spät. Ich bin nämlich ein Breitner-Fan.«

»Breitner? Wer ist denn das?«

»Kennst du nicht? Mein Gott, da habe ich mir was eingehandelt. Das ist ein Fußballspieler, der aussieht wie ein Affe und spielt wie ein Gott.«

»Aha. Muß man den kennen? Sag mal, Wolfgang, schnarchst du?«

»Weiß ich nicht, ich habe mich noch nicht schnarchen gehört. Kannst es mir morgen früh sagen. Du hast ja einen Kassettenrecorder, schaltest ihn ein und spielst mir die Nacht am Morgen vor.«

Dann stand Burger auf und betrachtete das Schlafzimmer, befühlte dies, prüfte das, und dabei kicherte er fortwährend in sich hinein.

»Wenn ich mir das so betrachte, komisch ist es

schon. Da hat man jahrelang allein gelebt, und nun schläft man plötzlich mit einer fremden Frau.«

»Mach dir nichts draus, Wolfgang, der Mensch ist ein Gewohnheitstier«, erwiderte die Gmeiner.

»Also weißt du«, rief er, »manchmal bist du zartfühlend wie ein Pferd. Muß ich schon sagen. Da habe ich mir ja was an Land gezogen.«

»Auch daran wirst du dich gewöhnen müssen.«

Ehe sie weitersprechen konnte, umfaßte er die Gmeiner bei den Hüften. Beide fielen auf die Betten; da aber umarmte er sie heftig. Die Frau prustete und versuchte sich zu befreien.

»Bist du verrückt! Wenn jemand kommt, die Tür ist auf!«

»Ich bin total verrückt, jawohl. Ist das schön, verrückt zu sein.«

Auf einmal stand Hildegard im Schlafzimmer mit einem vollen Wäschekorb vor dem Bauch. Sie sah sprachlos auf die beiden im Bett und setzte dann hörbar den Wäschekorb ab. Die Gmeiner sprang verstört auf, nahm Hammer und einen Nagel, die sie auf dem Toilettentischchen abgelegt hatte, und begann eifrig, einen Bilderhaken in die Wand zu schlagen, genau neben das Bild ihres verstorbenen Mannes. Burger war auf dem Bett liegengeblieben und sah der Frau zu, wie sie ein zweites Bild an die Wand hielt und den Platz ausprobierte, an dem es hängen sollte.

»Kannst ja wenigstens anklopfen, wenn du reinkommst«, sagte die Gmeiner.

»Entschuldige, Gretl, aber bei so was wird die Schlafzimmertür meistens abgeschlossen.«

»Bei so was kommt ja auch nicht der dümmste Trampel rein, nur du ... So, die Rahmen passen zwar nicht zusammen, aber die Bilder haben wenigstens die gleiche Größe.«

Verwundert hatte Hildegard der Gmeiner zugesehen und staunend das Bild betrachtet, das die Gmeiner zur Probe an die Wand gehalten hatte. Die Fotografie zeigte eine aparte Frau Mitte dreißig mit einem Florentinerhut.

»Sag mal, Gretl, wer ist denn das?«

»Na wer schon. Dem Wolfgang seine verstorbene Frau natürlich. Oder was denkst du?«

Hildegard blickte mehrmals auf das Bild und wieder auf die Gmeiner und schüttelte verwirrt den Kopf. Dann sagte sie spitz: »Wieso ist das natürlich? Du kannst doch nicht einfach neben deinen Albert ein fremdes Weib hängen.«

»Das ist kein fremdes Weib, das ist Wolfgangs verstorbene Frau.«

»Natürlich, Wolfgangs Frau. Trotzdem hat sie nichts in eurem Schlafzimmer zu suchen, neben dem Albert. Das ist – jawohl, das ist unmoralisch.«

»So? Dann muß ich den Albert eben weghängen, wenn Wolfgangs Frau deiner Meinung nach nicht neben ihm hängen darf. Dann hänge ich den Albert eben ins Badezimmer.«

Hildegard stemmte die Fäuste in die Hüften und

verließ beleidigt das Schlafzimmer. Vom Wohnzimmer aus rief sie: »So weit bist du also gesunken, den Albert ins Badezimmer zu hängen. Der dreht sich im Grab um, wenn er das eben hätte hören können. Ich sag nichts mehr, aber ich muß schon sagen, manchmal bist du zartfühlend wie ein Pferd.«

Dann fiel die Tür ins Schloß.

Betreten war die Gmeiner nun doch; sie drehte ratlos das Bild in ihren Händen hin und her. Burger, der immer noch auf dem Bett lag, sagte: »Die Hildegard hat schon recht, die beiden passen nicht zusammen.«

»Und jetzt erst recht«, rief die Gmeiner trotzig. »Schon damit sich dieses Weib jedesmal schwarz ärgert, wenn sie zu mir ins Schlafzimmer kommt. Und nun steh gefälligst auf, die Hildegard hat für heute das Essen gerichtet. Ich hätte ja lieber für uns allein gekocht, aber ich konnte es ihr nicht abschlagen. Wir müssen auch in Zukunft mit ihr leben.«

Es wurde dann doch noch ein vergnüglicher, unbeschwerter Abend. Nach dem Essen räumte Hildegard geschäftig und laut den Tisch ab, und Burger stichelte: »Den Richard werde ich vermissen. Der springt nach dem Essen nicht gleich auf, wenn ich fertig bin, der bleibt sitzen und liest Zeitung, und später spielen wir Halma.«

»Ich heiße aber nicht Richard«, erwiderte Hildegard, »und ich spiele auch nicht Halma. Dafür darfst du mir jetzt beim Abtrocknen helfen. Oder hast du das schon verlernt bei deinem Dienstmädchen Richard?«

Burger empfand es wohltuend, in ein angewärmtes Bett zu steigen. Während er neben der Gmeiner lag, sprachen sie über die Hochzeitsreise nach Paris: Sie hatten keine Angst mehr vor dem Unbekannten, sie freuten sich darauf. »Ich werde dem Richard sagen, daß er in unserer Abwesenheit die Gräber gießt. Aber vielleicht regnet es«, sagte der Mann.

»Wir bleiben ja nicht ewig ... Ob wir nicht doch hierbleiben? Ich weiß nicht, das viele Geld. Vielleicht sollten wir allen unseren Bekannten ein Essen spendieren, das kommt nicht teurer als das Fahrgeld ... Und dann, was werden wir machen in so einer verrückten Stadt? Wir verstehen ja nicht mal Französisch.«

»Die werden uns schon verstehen. Die beste Sprache ist immer noch die mit Händen und Füßen, das versteht jeder, wenn er nicht total vertrottelt ist ... Hast du dem Horst wirklich geschrieben?«

Die Gmeiner zögerte zu lange, als daß Burger es nicht erraten hätte.

»Aha«, sagte er.

»Ich habe noch keine Zeit gehabt«, sagte sie.

»Halt die Luft an. Zeit schon, aber Mumm hast du keinen gehabt. Du kannst deinen Sohn doch nicht hintergehen. Schließlich ist er dein Einziger.«

»Ich weiß. Und jetzt schlaf.«

»Schlaf. Du bist gut. Wir feiern vorgezogene Hochzeitsnacht, und du sagst einfach: Schlaf.«

»Kannst du dich eigentlich noch an deine erste Hochzeitsnacht erinnern?«

Die Gmeiner stützte sich auf und sah den Mann herausfordernd an.

»Die weiß ich noch, als ob es gestern gewesen wäre«, antwortete Burger. »Ich war total besoffen. Da war nichts in der Nacht, ich war blau wie ein Veilchen. Ich habe es zwar nie rausgekriegt, aber liebe Kollegen müssen mir was ins Bier geschüttet haben, daß ich abgeschlafft bin wie ein nasser Sack.«

»Na, Gott sei Dank. Über die Zeit bist du wenigstens hinweg ... Nein, nicht der Richard soll die Blumen gießen, die Hildegard muß das machen. Dann muß sie endlich mal auf den Friedhof.«

Am nächsten Morgen hatte sich Burger leise aus dem Schlafzimmer geschlichen, beim Bäcker an der Ecke Brötchen geholt, den Kaffee gefiltert und den Tisch gedeckt, zwei Eier hatte er gekocht und dann erst die Frau geweckt. Die Gmeiner freute sich darüber, daß er sie schon am ersten Tag verwöhnte. Mit einem kurzen Blick auf den Tisch prüfte sie, ob er etwas vergessen hatte: Nein, er hatte nichts vergessen. Sie wollte aber nicht jeden Tag ein gekochtes Ei, nur an Sonntagen.

Nach dem Frühstück kleideten sie sich festlich. Burger trug seinen hellen Flanellanzug, in dem er sich von der Gmeiner bewundern ließ; auch Hildegard, die es nicht mehr in ihrer Wohnung gehalten hatte, sparte nicht mit Lob und Bewunderung: »So wie du jetzt aussiehst, so habe ich mir immer einen stattlichen Herrn vorgestellt. Ach ja, aber ich hab halt nur einen Trunkenbold gehabt.«

Richard brachte Christoph, Burgers Trauzeugen, gleich mit, dann quetschten sie sich in Richards VW. Der Weg war kurz, sie hätten zu Fuß gehen können zum Rathaus, aber die Gmeiner hatte darauf bestanden, zu fahren.

»Der Mensch läßt sich zweimal in seinem Leben fahren, zur Trauung und zum Friedhof«, sagte sie.

Richard ging nicht mit ins Standesamt zur Trauung, er wartete vor dem Rathaus im Wagen. Er wolle nicht zusehen, hatte er gesagt, wie zwei abgeklärte Menschen in ihr Unglück rennen.

Nach der Trauung sagte die Gmeiner zu ihrer Freundin: »Denk dran, Hildegard, ich heiße jetzt Burger.«

»Bis ich mich daran gewöhnt habe, heiratest du zum dritten Mal«, erwiderte Hildegard. »Aber daß dein Horst nicht gekommen ist, das wundert mich schon sehr. Wenigstens Susanne hätte doch kommen können. Aber was kümmerts mich, es geht mich nichts an, ist deine Verwandtschaft.«

»Horst hat jetzt im Geschäft viel zu tun und mit dem Haus auch, und Susanne hätte zwei Tage die Schule schwänzen müssen. Was sollen sie hier, wir fahren ja doch gleich weg. Für die Viertelstunde auf dem Standesamt extra von Köln raufkommen, das lohnt nicht. Du kommst doch mit zum Bahnhof?«

Am zweifelnden Blick Hildegards merkte die frisch Getraute, daß ihr nicht geglaubt wurde. Immer noch täuschte sich die Gmeiner und hoffte, Susanne habe zu Hause vielleicht etwas angedeutet. Nur jetzt nicht daran denken, sagte sie sich, jetzt, wo es in ein Abenteuer geht, jetzt, wo sie zur längsten Reise ihres Lebens aufbrach.

Richard brachte alle zum Bahnhof. Als der Zug durch den Lautsprecher angekündigt wurde, sagte Richard: »Passen Sie bloß schön auf, Frau Burger, damit Ihr Herr Gemahl in Paris nicht fremd geht.«

»Richard, Sie sind der erste Mensch, der zu mir Frau Burger gesagt hat. Das bringt Glück.«

»Ein Sündenpfuhl, dieses Paris!« rief Hildegard. »Aber paß schön auf, Gretl, daß Wolfgang immer seine Herztabletten nimmt. Ihr seid jetzt frisch verheiratet, da darf man sich keine Schwachheiten leisten.«

Richard half den beiden Alten, die zwei kleinen Koffer ins Abteil zu tragen, Christoph und Hildegard warteten auf dem Bahnsteig, und dann fuhr der Zug an, kaum daß die Gmeiner und Burger ihren Sitzplatz gefunden hatten. Hildegard winkte mit einem Taschentuch, weinte und sagte: »Was soll ich denn jetzt machen, so allein.«

»Ich bring Sie nach Hause«, sagte Richard.

Anfangs saß das frisch getraute Paar im Abteil eng beisammen, als suche einer beim andern Schutz, bis Burger die Hand der Frau nahm und sie schmerzhaft drückte. Da erst löste sich die Spannung. Die Gmeiner lächelte wieder, und doch blieb die Unsicherheit, denn sie fuhren einem Land, einer Stadt entgegen, die sie nur von bunten Bildern kannten. Nicht einmal um ein Hotel hatten sie sich bemüht. Sie waren losgezogen wie zwei junge Leute, die zur Not auch in einer Scheune schlafen konnten. Alles war ungewiß, gewiß waren nur die Fahrkarten. In Köln, wo sie in den D-Zug nach Paris umstiegen, dachte die Gmeiner einen Augenblick daran, von einer Telefonzelle aus ihren Sohn anzurufen. Aber wer würde sich am anderen Ende der Leitung melden, und was sollte sie sagen? Guten Tag, ich bins, wir fahren nach Paris, Hochzeitsreise zum Eiffelturm?

Nachdem der Zug die Bahnhofshalle verlassen hatte, nahm die Gmeiner ihren Personalausweis aus der Handtasche und hielt ihn fest bis zur Grenze, bis ein Uniformierter kam und kontrollierte. Aber der warf nur einen flüchtigen Blick auf den Ausweis.

»Wie schnell so eine Trauung vorbei ist«, sagte Burger. »Ob das früher auch so schnell gegangen ist?«

Die Gmeiner verstaute den Ausweis wieder in ihrer Handtasche und hielt nun die Tasche fest umklammert.

»Hast recht, Wolfgang, früher hat das länger gedauert. Da sind noch schöne Reden gehalten worden, feierlicher ist es auch gewesen. Heute? Kaum bist du drinnen, bist schon wieder draußen.«

Dann aßen beide die belegten Brötchen, die ihnen Hildegard zurechtgemacht hatte. Erst beim Essen spürten sie, wie hungrig sie waren. »Hoffentlich glauben die uns, daß wir verheiratet sind. Ich meine, unsere Ausweise haben doch zweierlei Namen«, sagte die Gmeiner. »Vielleicht lassen die uns im Hotel nicht in einem Zimmer schlafen.«

»Wir sind doch in Paris, da kann jeder machen, was er will. Hat der Richard gesagt, und der muß es wissen. Er trampt jedes Jahr zweimal nach Paris. Er muß doch trampen mit seinen ausgefransten Hosen. Und jetzt denken wir nicht mehr an Zuhause, nur noch an Paris.«

»Daß ich das noch erlebe. Hochzeitsreise. Davon habe ich immer geträumt.«

»Ja, schön ist das, wenn so ein Traum in Erfüllung geht.«

»Ich bin immer gern Eisenbahn gefahren, aber keine langen Strecken. Nach Köln, mehr nicht, als die Susanne noch klein war. Später nur selten ... Hoffentlich gießt die Hildegard die Blumen nicht so stark, das Weib ist maßlos.«

Als sie draußen die Schrifttafeln in den Bahnhöfen und die vorbeihuschenden Straßenschilder nicht mehr verstehen konnten, saßen sie stumm und verschüchtert nebeneinander, blickten nur aus dem Fenster, hörten auf die fremde Sprache der zugestiegenen Fahrgäste, die sich nicht um die beiden Alten kümmerten, ihnen höchstens flüchtig zulächelten. Sie hatten angenommen, jenseits der Grenze sei alles anders; nach wenigen Kilometern staunten sie. Die Felder waren ebenfalls goldgelb, die Wiesen so grün, die Häuser bunt gestrichen, die Straßen so schwarz wie zu Hause. Auch die Fahrgäste, hätten sie geschwiegen, konnten von dort kommen, wo die frisch Getrauten abgefahren waren. Sie sahen Masten, Häuser und Bäume vorbeifliegen, der blaue Himmel war mit weißen Sommersprossen betupft; hielt der Zug einmal in einer Stadt, beugten sich beide vor, um das Treiben auf den Bahnsteigen besser verfolgen zu können.

Die Gmeiner fürchtete sich vor der fremden Sprache. Sie sah ihren Mann immer öfter hilfesuchend an und wagte kaum zu sprechen.

»Ob man uns ansieht, daß wir auf der Hochzeitsreise sind?« flüsterte sie.

»Natürlich. Das steht uns doch auf der Stirn geschrieben. Die Leute können es bloß nicht lesen, weil es auf deutsch geschrieben ist. Aber sie werden uns ansehen, wie verliebt wir sind.«

Endlich fuhr der Zug im Gare de L'Est ein. Verschüchtert standen die beiden Alten auf dem Bahnsteig, jeder sein Köfferchen in der Hand, hörten fremde Stimmen, blickten verstört in den Trubel und atmeten auf, wenn sie deutsche Laute hörten.

Auf dem Bahnhofsvorplatz wußten sie nicht, wohin. Am liebsten wäre die Gmeiner wieder umgekehrt. Ein Taxifahrer sah ihnen ihre Nöte an und ging auf sie zu. Richard hatte Burger einmal gesagt, das Wort Hotel verstehe jeder in der Welt, und deshalb sagte Burger einfach: »Hotel«.

Der Taxifahrer nahm ihnen die Koffer ab und trug sie zum Auto. Die Gmeiner trippelte mit kurzen Schritten mißtrauisch hinterher. Zuviel von Betrügern hatte sie gelesen; sie war erst beruhigt, als die Koffer im Kofferraum lagen und der Taxifahrer zum Einsteigen aufforderte. Dann fuhren sie endlich durch die große und laute Stadt. Die beiden Alten saßen im Fond und hielten sich fest an der Hand.

»Um Gottes willen«, sagte die Gmeiner, »wir haben kein französisches Geld. Man wird uns übers Ohr hauen, hab ich gelesen.«

Burger tippte sich an die Stirn. »Denkste, so dumm bin ich ja nun wieder nicht. Ich habe zu Hause umgetauscht.« Er verschwieg aber, daß Richard für ihn auf der Sparkasse tausend Mark gewechselt hatte.

Der Taxifahrer fuhr Umwege – nicht, weil er mehr Geld herausschinden wollte. Er hatte seine Freude an den beiden Alten, wollte ihnen etwas zeigen, redete dauernd, deutete auf Gebäude, Parks, Paläste, und manchmal verstand das Paar auch ein Wort wie Notre-Dame oder Arc de Triomphe oder Champs-Elysées. Auf einmal fühlte es sich nicht mehr fremd.

Viele Bilder waren beiden vertraut aus Zeitschriften oder vom Fernsehen oder von Ansichtskarten; das Paar wäre gern ausgestiegen, um einfach etwas anzufassen, wagte aber nicht, den Fahrer darum zu bitten.

Das grüne fünfstöckige Gebäude, vor dem der Wagen hielt, weckte Vertrauen. Die beiden Alten waren erleichtert und dankbar, daß der Fahrer dem Mann an der Rezeption die Situation erklärte. Der Livrierte half beim Ausfüllen der Anmeldung, der Taxifahrer schrieb den Preis für die Fahrt auf ein Stück Papier, und Burger zahlte zögernd. Er war sich nicht gewiß, ob man Trinkgeld gab oder nicht. Dann tippte der Taxifahrer an seine Mütze und verließ das Hotel. Ein Liftboy brachte das Paar in ein großes Zimmer im ersten Stock, setzte die Koffer mitten im Zimmer ab, nickte freundlich und ging.

Als sie allein waren, fiel die Frau dem Mann um den Hals. Nun war alle Anspannung gewichen, die Gmeiner hätte weinen mögen vor Freude, daß alles so reibungslos gegangen war. Burger strich ihr nur immer wieder über das Haar.

Dann löste sich die Gmeiner von ihrem Mann und begann, das Zimmer zu untersuchen: das Bad, die Betten auf ihre Sauberkeit, den Schrank, den Tisch, die Sessel. Die Frau war mit ihrer Untersuchung zufrieden, und als sich Burger auf das Bett setzte, wies sie ihn zurecht: »Zum Sitzen gibt es hier zwei schöne Sessel. Das ist ein gutes Hotel.«

»Aufregend ist es«, sagte Burger, und beide lachten wie zwei Kinder, die jemandem einen Streich gespielt hatten.

»Wir sind schon zwei«, rief die Frau, »zigeunern auf unsere alten Tage noch durch die Welt. Mein Gott, wenn mir das früher einer gesagt hätte.«

»Da siehst mal, wozu eine Hochzeit gut ist. Wir wären doch sonst nie nach Paris gekommen.«

»Jetzt machen wir uns aber frisch und gehen spazieren. Zur Seine. Wir wollen schließlich was haben von der Stadt und nicht nur im Hotel rumsitzen. Wenn wir müde werden, setzen wir uns auf eine Bank. Es gibt genug davon.«

Der erste Ausflug überstieg ihre Kräfte. Zu viel hatten sie sich zugemutet, der Verkehr verwirrte sie, sie bekamen schon Angst, die Straßen bei grüner Ampel zu überqueren, und zweifelten, ob diese Franzosen auch wußten, was Grün und was Rot bedeutete. Drei Tage später, in einem Straßencafé an den Champs-Elysées, betrachtete die Frau sorgenvoll Burgers Zustand. Er sah mitgenommen und eingefallen aus.

»Geht es dir gut? Du darfst mir nichts verbergen.«

»Die Stadt macht mich müde«, antwortete Burger.

Er schälte Papier von einem Päckchen und stellte einen fünfzehn Zentimeter hohen Eiffelturm, den er an einem Souvenirstand gekauft hatte, mitten auf den Tisch. Der Turm war aus bronziertem Leichtmetall, als Mitbringsel für Hildegard gerade richtig, den könne sie auf den Fernsehapparat stellen, sagte die

Gmeiner. Es beunruhigte sie, daß ihr Mann sich Kognak in den Tee schüttete, sich ständig das schweißnasse Gesicht wischte; sie fürchtete, er könne einen Anfall bekommen, obzwar er regelmäßig seine Herztabletten nahm. Sie dachte auch daran, was sie in den letzten Tagen ausgegeben hatten und was sie noch ausgeben würden.

»Haben wir überhaupt noch Geld?« fragte sie.

»Geld, viel Geld«, erwiderte Burger und lachte. »Verschwender sind wir. Es kostet hier alles doppelt soviel wie bei uns.«

»Klar, weil denen ihr Geld nur die Hälfte wert ist gegenüber unserem, deshalb ist alles doppelt so teuer. Stell dir mal vor, so wie wir hier jetzt leben, so leben andere Menschen ein Leben lang.«

»Mein Gott, muß das schrecklich sein. Jeden Tag in Saus und Braus.«

Die beiden genossen es, im Straßencafé zu sitzen und die Passanten zu beobachten. Burger betrachtete mit Interesse die Kleider der Frauen, die Anzüge der Männer. Wohlgefällig nickte er seiner Frau zu, sah er ein Kleid, das ihm gefiel; er nickte anerkennend, bemerkte er einen besonders raffiniert geschnittenen Anzug. Die Gmeiner sah mehr auf die Schuhe der Frauen. Sie schüttelte verständnislos den Kopf, wenn ihr Schuhe auffielen, in denen man ihrer Meinung nach überhaupt nicht laufen konnte.

»Da bewegt man sich ja wie auf Glatteis«, sagte sie, »die laufen nicht, die staksen.«

»Hast gesehen, wie die Hosen von dem geschnitten sind?« sagte Burger. »Einfach Spitze. Die haben heutzutage gute Stoffe, zu meiner Zeit durften wir an so was gar nicht denken. Wer bei uns hätte das bezahlen können.«

»Auf die Schuhe mußt mal gucken«, sagte die Frau. »Das sind keine Schuhe, das ist Nippes, Spielzeug. Wenn das der Albert noch hätte sehen können, der hätte seinen Beruf aufgegeben.«

Im Taxi ließen sie sich zum Seineufer fahren und schlenderten händchenhaltend im Schatten der Bäume. Ein junges Pärchen kam ihnen entgegen, eng umschlungen; das Mädchen hing mehr am Hals des jungen Mannes, als daß es lief. Burger drehte sich nach dem jungen Paar um; dann umfaßte er die Schultern seiner Frau. Eng aneinandergeschmiegt liefen sie weiter, bis sie wieder eine Bank fanden, auf der sie sich ausruhen konnten.

Den Eiffelturm hatten sie jeden Tag besuchen wollen, waren aber jeden Tag von den Menschenschlangen vor den Kassenhäuschen abgeschreckt worden. Die beiden Alten zweifelten schon daran, ob sie das lange Anstehen und Warten überhaupt würden verkraften können. Dann mußte es sein. Es war ein strahlender und nicht zu heißer Tag, ein blau angestrichener Himmel glänzte über Paris. Die Burgers fuhren schon am frühen Vormittag mit dem Taxi zum Eiffelturm. Die Schlange war so lang wie an den Tagen vorher; ruckweise bewegten sich die

Menschen vorwärts. Für Burger wurde das Schlangestehen zur Qual. Immer sorgenvoller sah die Frau den Mann an. Manchmal verfärbte sich sein Gesicht jählings; er atmete dann schwer und stoßartig.

Nach einer halben Stunde war es endlich soweit, daß sie in eine Kabine steigen durften, die sie, mit Umsteigen, nach oben brachte. Beiden war nicht geheuer, aber einer wollte dem andern nicht eingestehen, daß er am liebsten wieder umgekehrt wäre.

Auf der obersten Plattform warteten sie, um sich erst einmal an die windige Höhe zu gewöhnen. Zögernd und ängstlich wagten sie sich an die vergitterte Brüstung und blickten staunend auf die Stadt mit ihren roten Dächern, grauen Palästen und weißen Kirchen, auf den glitzernden Fluß, der die Stadt zerteilte.

»Wie in einem Flugzeug«, sagte Burger. »Ich werde nicht mal schwindlig. Vielleicht sollten wir das nächste Mal fliegen.«

»Schön wie im Märchen«, sagte seine Frau.

»Na, na«, erwiderte er, »für eine Prinzessin bist du aber schon zu alt.«

»Ein Prinz bist du auch nicht mehr.«

Sie liefen mehrmals um die runde Plattform, um die Stadt von allen Seiten zu betrachten, und hielten sich dabei fest an der Hand, als wolle einer dem andern Mut zusprechen. Ihr Staunen wuchs, je öfter sie unten in der Stadt Plätze, Straßen und Gebäude wiedererkannten, wo sie schon gewesen waren.

»Siehst du, es hat sich doch gelohnt, noch einmal zu heiraten. Einer allein wäre nie auf den Eiffelturm gekommen.«

»Du hast ja so recht«, antwortete die Gmeiner. Gleich darauf spürte sie das verräterische Zucken in Burgers Hand und wußte sofort, was das bedeutete, was kommen mußte. Der Mann riß an seinem Hemdkragen, die Frau öffnete aufgeregt Krawatte und Kragen und führte Burger behutsam zu einer Bank, auf der er sich kraftlos niederließ. Dann holte die Gmeiner aus seiner Jackentasche die Herztabletten und legte ihm eine auf die Zunge.

»Bitte, versuch, ob du sie trocken runterschlucken kannst, bitte.«

Während Burger sich damit abquälte, die Tablette hinunterzuwürgen, murmelte die Frau: »Und das hier. In einer fremden Stadt, wo einen niemand versteht. Lieber Gott, hilf jetzt.«

Sie setzte sich neben ihren Mann und ließ ihn gewähren, dachte nur, daß der liebe Gott, an den sie nicht glaubte, nun ein Einsehen haben mußte mit ihr und dem Mann.

Eine Stunde bangte sie, bis Burger sich so weit erholt hatte, daß er mit ihrer Hilfe aufstehen und schlurfend laufen konnte. Er war entkräftet, er lief gebeugt, die Arme baumelten an seinem Körper, als gehörten sie nicht ihm. Er versuchte aber, mit Hilfe der Frau seinen ganzen Willen aufzubieten, damit sie wenigstens den Turm verlassen konnten.

Glücklich unten angekommen, rief die Gmeiner ein Taxi. Im Hotel bettete sie mit Hilfe des Etagenkellners ihren Mann im Zimmer auf das Bett; bis zum Abend hatte sich Burger wieder erholt.

»Morgen fahren wir nach Hause«, sagte er. »Geh runter in die Hotelhalle, laß dir die Zugverbindungen geben, such die beste aus und schick ein Telegramm an Hildegard, daß wir früher kommen.«

Als die Gmeiner eine halbe Stunde später, froh darüber, daß alles noch einmal glücklich verlaufen war, in das Zimmer zurückkehrte, saß Burger in einem Sessel am weitgeöffneten Fenster und lächelte ihr entschuldigend entgegen.

»Und jetzt?« fragte sie.

Sie setzte sich auf die Sessellehne und umarmte den Mann, legte ihren Kopf an seinen Kopf.

»Sei nicht traurig, Margarete. Schön war es trotzdem.«

Richard erwartete sie auf dem Bahnsteig. Er nahm ihnen beim Aussteigen die Koffer ab, half Burger die Trittbretter herunter und trug die Koffer zum Ausgang des Bahnhofes. Die Burgers hatten Mühe, Richard zu folgen. Niemand beachtete sie, nichts hatte sich während ihrer Abwesenheit verändert. Die Gmeiner wunderte sich nur, weshalb Hildegard, die doch vor Neugierde platzen mußte, nicht mitgekommen war.

Während der Fahrt schwieg Richard hartnäckig,

bis die Gmeiner die Geduld verlor und fragte: »Alles in Ordnung zu Hause?«

Richard antwortete mit Schulterzucken.

»Schon ist man ein paar Tage fort«, sagte Burger, »hat der Richard die Sprache verloren. Schade um ihn. Na ja, viel zu sagen hat er nie gehabt.«

Auch darauf reagierte Richard nicht. Er fuhr direkt bis vor die Haustür und lud schnell die Koffer aus. Endlich sagte er: »So, da seid ihr wieder, ich muß weg. Die Koffer könnt ihr ja selber reintragen.«

Befremdet sahen die beiden Richard hinterher. Sein sonderbares Verhalten hatten beide nicht deuten können, aber sie hatten keine Zeit mehr, Vermutungen anzustellen. Hildegard kam aufgeregt aus dem Haus gelaufen und sprudelte auch gleich los.

»Gut, daß ihr wieder da seid. Mein Gott, Gretl, die Aufregung, als dein Telegramm kam, nachts um elf, ich wollte gerade ins Bett gehen. Wie habt ihr das nur gemacht, das Telegramm war ja auf deutsch, sprechen die Franzosen auch deutsch? Das war das erste Telegramm in meinem Leben. Gut seht ihr aus, der Wolfgang ein wenig zerzaust. Die ganze Nacht konnte ich nicht schlafen vor Aufregung. Warum ist denn Richard so schnell fort? Er hätte doch wenigstens die Koffer reintragen können, ein ungehobelter Mensch. Kommt doch endlich rein. Ich habe Streuselkuchen gebacken, und der Kaffee ist längst fertig in der Thermosflasche. Ganz frisch. Laß, Wolfgang, ich nehm die Koffer schon, schlepp dich nicht ab.

Mein Gott, Paris muß aufregend gewesen sein, du siehst richtig durchgerüttelt aus.«

Geschäftig nahm sei beide Köfferchen; an der Haustür drehte sie sich um und sagte: »Erschrick nicht, Gretl, Besuch ist da. Wirst Augen machen. Zwei Tage ist der Besuch schon da.«

»Besuch? Um Himmels willen, warum sagst du das nicht gleich«, rief die Burger.

»Kommt jetzt rein, starrt keine Löcher in die Wand.«

In diesem Augenblick sah die Burger Susanne aus dem Haus kommen. Die Enkelin umarmte ihre Großmutter und gab Burger die Hand. Sprachlos starrte die Burger auf ihre Enkelin; zu einer Frage aber war sie nicht fähig.

Susanne schob die Großmutter vor sich her ins Haus, die drei Stufen hinauf in die Wohnung, in der Hildegard schon die Koffer abgesetzt hatte. Freudestrahlend und mit ausgebreiteten Armen rief Hildegard: »Schaut euch nur um. Alles geputzt. Ihr könnt euch in ein sauberes Nest setzen, und ich hol schon mal den Kaffee.«

Als die Tür ins Schloß gefallen war, fragte die Burger: »Also, Susanne, was ist passiert? Mitten im Schuljahr. Wo kommst du her? Zwei Tage bist schon da? Warum bist du mit Richard nicht zum Bahnhof gekommen?«

»Wo ich herkomme? Von zu Hause natürlich.«

»Von zu Hause natürlich«, äffte die Burger ihre

Enkelin nach. »Antworte gefälligst ernsthaft, wenn man dich ernsthaft etwas fragt!«

Burger saß schweratmend auf der Couch. Er war erschöpft, er verstand die Aufregung seiner Frau nicht und erst recht nicht ihre Gereiztheit. Er freute sich über Susannes Anwesenheit, egal, aus welchem Grunde sie gekommen war.

Als Susanne gerade antworten wollte, kam Hildegard mit einem Tablett zurück, auf dem sie den Kuchen und die Thermosflasche trug. Ohne Umstände deckte sie den Tisch; Tassen und Kuchenteller holte sie aus der Küche der Gmeiner. Hildegard spürte nichts von der Spannung, die zwischen Großmutter und Enkelin herrschte, sie plapperte drauflos, als sei sie als Alleinunterhalter angeworben worden.

»Als das Telegramm kam, nachts um elf, bin ich gleich zu Richard ins Altersheim gelaufen und habe dem Portier einen Zettel gegeben, wo ich draufgeschrieben habe, daß Richard euch von der Bahn abholen soll. Was bin ich froh, daß ihr wieder da seid, es war einsam ohne euch. So eine Reise ist anstrengend. Wie ihr weg gewesen seid, da hab ich erst gemerkt, daß ich mich an Wolfgang schon gewöhnt habe.«

Nachdem sie geräuschvoll Tassen, Löffel und Kuchengabeln aufgelegt hatte, setzte sich Hildegard wieder wie selbstverständlich neben Burger auf die Couch, schenkte allen Kaffee ein, legte jedem ein Stück Kuchen auf den Teller und wartete, bis alle zugegriffen hatten. Dann blickte sie einen nach dem andern an, als erwarte sie Lob. Die Gmeiner nickte zwar anerkennend, mehr aber nicht.

»Warum bist du eigentlich nicht mit zum Bahnhof gekommen«, fragte sie.

»Und wer sollte den Kaffee kochen? Und überhaupt, dem Richard sein Auto ist zu eng, da kriegt man ja Rückgratverkrümmung.«

»Meine Güte, hast du den Kaffee wieder stark gemacht«, erwiderte die Burger. »Stört es dich eigentlich nicht, daß der Kaffee schon wieder teurer geworden ist?«

»Das Wasser ist noch viel teurer geworden. Irgendwo muß man ja sparen, ich spar am Wasser.«

Hildegard sah wieder in die Runde, achtete auch darauf, daß jeder noch ein zweites Stück Kuchen auf den Teller bekam, und wunderte sich, daß alle so redefaul waren. Weil niemand etwas sagte, sprudelte sie wieder los: »Nun erzählt doch mal, wie wars denn? Waren viele Franzosen in Paris? Und wenn schon – Jungverheiratete müssen trotzdem verreisen, damit sie sich in der Fremde besser kennenlernen. Erst wenn man gemeinsam verreist, auf der Hochzeitsreise, lernt einer den andern besser kennen. Sagt mal, wie sind denn dort die Leute? Es muß doch für euch schrecklich gewesen sein, immer nur unter Franzosen, mein Gott, so viele auf einem Fleck. Ich habe Tag und Nacht an euch gedacht, so allein in einer fremden Stadt. Wenn ihr mich fragt, ich verzichte gern auf eine solche Reise. Warum sagt ihr denn nichts? Schmeckt euch vielleicht mein Kuchen nicht? Ihr braucht ihn ja nicht zu essen, habt wahrscheinlich in Paris besseres Essen gehabt, habt wahrscheinlich Schnecken und Froschschenkel und andere Sauereien gegessen, aber meinen Kuchen hier, den habt ihr umsonst, und der ist auch mit Liebe gebakken ... Mein Gott, warum sagt ihr denn nichts? Laßt euch doch nicht jedes Wort aus der Nase ziehen.«

Bei dem Wort »Jungverheiratete« hatte Susanne die Gabel aus der Hand gelegt und ihre Großmutter groß angesehen; als das Wort »Hochzeitsreise« fiel, lachte Susanne auf.

»Ihr habt also tatsächlich geheiratet?« fragte sie.

Die Burger verschluckte sich an ihrem Kaffee und hustete laut, ihr Mann saß verkrampft grinsend auf der Couch. Wahrscheinlich begriff er nicht ganz, was um ihn herum vorging. Hildegard dämmerte es allmählich, daß sie etwas ausgesprochen hatte, das besser jemand anderes gesagt hätte. Ratlos betrachtete sie das versteinerte Gesicht ihrer Freundin; dann hatte Hildegard alles begriffen, erhob sich und stemmte die Fäuste in die Hüften. Der Zorn trieb ihr Tränen in die Augen, während sie loslegte.

»Ich, ausgerechnet ich, muß da mal wieder gehörig in den Fettnapf treten. Nein, Susanne, das habe ich nicht verdient. Wie stehe ich denn jetzt da. Du hättest mir doch sagen müssen, daß du nichts wußtest und alles erst von mir erfahren hast. Zwei Tage lang haben wir über die Hochzeit geredet, und du hast so getan, als wüßtest du alles. Das ist nicht recht, Susanne ... Und wenn du es nicht gewußt hast, dann weiß es ja dein Vater auch nicht.«

»Nun reg dich nicht auf, das ist doch kein Beinbruch«, sagte Susanne. »Ich finde es dufte, Hochzeitsreise nach Paris. Oma wird richtig wieder jung. Was werden meine Eltern Augen machen.«

»Du hast mich hintergangen«, rief Hildegard und schlug mit der flachen Hand auf den Tisch, »und du auch, Gretl! Das ist unglaublich: Dem Horst hast du nichts geschrieben, deswegen ist er nicht zu eurer Trauung gekommen, und wenn Horst nichts weiß, konnte auch Susanne nichts wissen. Und mich läßt du dabei auf den Bauch fallen ... Wenn das Freundschaft sein soll – nein, Gretl, das habe ich nicht verdient.«

Die Burger war aufgestanden und hatte mehrmals das Wohnzimmer durchquert, bis sie hinter Hildegard stehenblieb. Sie legte ihrer Freundin die Hände auf die Schulter und sagte: »Hildegard, bei dir hat es an der Wohnungstür geklingelt.«

»Geklingelt? Ich habe nichts gehört.«

»Aber ich habe es gehört«, sagte die Burger in einem Ton, der keinen Widerspruch duldete.

»Ich gehe ja schon«, sagte Hildegard und lief gekränkt aus der Wohnung.

»Ich wollte hierbleiben, Oma«, sagte Susanne.

»Hierbleiben?« fragte die Burger. »Aber Kind, was soll denn das heißen?«

»Meine Eltern wollen sich scheiden lassen. Oma, ich habe es einfach satt. Jeden Tag die Streitereien, und ich werde mit hineingezogen, ob ich will oder nicht. Das ist nicht mehr auszuhalten. Wie Kinder: Das ist mein und das ist dein und du hast Schuld und du bist dafür verantwortlich und du bist schon immer zänkisch gewesen ... Das ist, entschuldige, zum Kotzen.«

Das Entsetzen im Gesicht der alten Frau wuchs, je länger Susanne sprach. Die Gmeiner weigerte sich zu glauben, was sie gehört hatte; erst das ernsthafte Gesicht ihrer Enkelin überzeugte sie davon, daß alles wahr sein mußte.

»Scheiden?« fragte sie.

Burger war aus seinem lethargischen Zustand aufgewacht und wiederholte: »Scheiden?«

»Aber Kind«, rief die Burger, »man läßt sich doch nicht einfach scheiden, wenn man noch lebt! Und ich erfahre nichts ... Wie stehe ich jetzt da.«

»So was kommt in den besten Familien vor«, erwiderte Susanne, »und empört brauchst gerade du nicht zu sein. Wir haben schließlich von deiner Heirat auch nichts gewußt, du hast keinen Grund, dich zu beschweren. Schau mal, du hast mir selber einmal gesagt: Unter jedem Dach ist ein Ach. Wir haben zu Hause jetzt das Ach. Scheiden lassen ist immer noch besser, als sich jeden Tag anblöken.«

»Ich verstehe das alles nicht. Deine Eltern bauen doch jetzt ein Haus, ein großes Haus, ein teures

Haus. Das tut man doch nicht, wenn man sich scheiden lassen will.«

»Vielleicht lassen sie sich scheiden wegen dem Haus. Was solls, das Haus wird eine halbfertige Ruine bleiben, weil nämlich kein Geld mehr da ist. Großvater gibt keinen Pfennig.«

»Deswegen läßt man sich doch nicht scheiden. Da heißt es ganz einfach, jetzt erst recht zupacken.«

»Da haben sich Leute schon wegen ganz anderer Lappalien scheiden lassen.«

»Susanne hat recht, schon wegen ganz anderer Lappalien«, sagte Burger.

Da aber drehte sich die Gmeiner zu ihm um und wies ihn zurecht: »Du hältst dich da raus, Wolfgang. Das ist meine Verwandtschaft... Und was ist mit deiner Mutter, Susanne?«

»Das weißt du doch, Oma. Wenns zum Knall kommt, hält die immer zum Großvater und zum Onkel. War doch immer so.«

»Hat dein Vater vielleicht eine andere?«

»Glaub ich nicht, kann ich mir jedenfalls nicht vorstellen. Bei der Arbeit, die er sich auf den Hals geladen hat. Oma, da hat kein Mann Zeit für Liebschaften. Für Liebschaften muß man Zeit haben. Vater schuftet so, daß er, wenn er wirklich mal dafür Zeit hätte, beim Fernsehen einschläft.«

»Na, du mußt es ja wissen.«

»Vater hat nie Zeit gehabt, nicht mal für mich. Manchmal geht es eben nicht mehr, da gibt es keinen wirklichen Grund, da gibt es nur tausend Gründe, verstehst du? Ohne daß einer allein schuld ist. Buff, die Luft ist raus. Auf platten Reifen fährt das beste Auto keine hundert Meter.«

»Man könnte meinen, du hast schon zehn Ehen hinter dir. Und wie du von deinen Eltern sprichst, das gefällt mir nicht.«

Die Burger setzte sich neben ihren Mann. »Wolfgang, nun sag du doch auch mal was.«

»Ich werde mich hüten. Es ist deine Verwandtschaft, hast du vorhin gesagt.«

»Oma, nun laß es gut sein. Wenn du geglaubt hast, ausgerechnet meine Eltern führen eine Musterehe, dann hast du dir selber was vorgemacht. Ich habe mir nie etwas vorgemacht, ich habe mich nur gewundert, daß es so lange gutgegangen ist. Das Haus, das war eine Schnapsidee oder Größenwahn. Vater hat wahrscheinlich geglaubt, wenn er das Haus baut, dann kann er die Ehe retten. Wie andere, die sich ein Kind anschaffen, weil sie denken, sie könnten mit einem Kind die Ehe retten. Es tut mir leid, Oma, daß ich dir nichts anderes sagen kann.«

Die Burger stieß ihrem Mann sacht den Ellenbogen in die Seite.

»Nun ist es aber genug. Wolfgang, jetzt sagst du endlich auch mal was. Sofort.«

»Nein, ich sage nichts«, erwiderte Burger.

»Wie ist das nur so plötzlich gekommen?«

»Nicht plötzlich, Oma, nur allmählich. Zum Beispiel vorige Woche gab es einen handfesten Krach. Den habe ich mitbekommen, ich konnte mir nicht die Ohren verstopfen, ich wollte sie mir auch nicht zuhalten. Mutter hat mal wieder Vater alles an den Kopf geworfen, was sich in den Jahren so angestaut hatte. Lauter Nichtigkeiten. Lächerliches Zeug im Grunde genommen, das mehr als zehn Jahre zurücklag. Und alles nach dem Motto Ätsch Ätsch. Das war mir zuviel. Da habe ich meinen Koffer gepackt und bin abgebraust. Ich wollte mich hier am Gymnasium anmelden und mein letztes Jahr hier zu Ende bringen. Ich dachte, ich bekomme bei dir eine Bleibe, vorübergehend.«

»Ein Kind gehört zu seinen Eltern«, sagte die Gmeiner.

Der Mann an ihrer Seite lachte, er lachte laut und herausfordernd. Susanne und ihre Großmutter sahen Burger erstaunt an.

»Zu welchen Eltern, Margarete? Hast doch selber gehört, daß sie sich schon seit Jahren anblöken. Meinetwegen kann Susanne hierbleiben. Du räumst die kleine Kammer aus, in der steht sowieso nur nutzloser Krempel, den können wir im Keller unterbringen oder zur Müllkippe schaffen lassen. Ich habe mich schon immer gefragt, wozu du das alte Zeug aufhebst. Komm, Susanne, fangen wir gleich an.«

Burger stand auf und ermutigte das Mädchen, mit ihm zu kommen. Gemeinsam besichtigten sie die Kammer, die nicht größer war als zwei Badezimmer, mit einem kleinen Fenster, an dem Scheibengardinen angebracht waren; die Gmeiner saß derweil händeringend auf der Couch und suchte nach einer Lösung. Sie kannte ihre Schwiegertochter, und wenn sie an die dachte, wußte sie, was in wenigen Tagen hier los sein würde.

Dann hielt es die Gmeiner nicht mehr auf ihrem Platz. Sie klingelte drüben bei Hildegard, die ihre Verärgerung längst vergessen hatte.

»Kannst mir den restlichen Kuchen geben«, sagte sie, »ich krieg morgen Besuch ... Mein Gott, was ist denn los mit dir. Du bist ja kalkweiß im Gesicht. Komm rein!«

Sie nötigte ihre Freundin auf einen Stuhl in der Küche und brachte ein Glas Wasser, das die Gmeiner widerspruchslos trank.

»Die Susanne bleibt erst mal hier«, sagte sie, »für längere Zeit, so wie es aussieht. Wenn du vielleicht dein drittes Zimmer abtreten könntest, du brauchst es ja doch nicht. Unsere Kammer ist einfach zu klein, da kann sie gleich eine Gefängniszelle nehmen. Und das Zimmer wird dir selbstverständlich bezahlt.«

Hildegard kehrte ohne Umschweife mit der Burger in deren Wohnung zurück, faßte Susanne an der Hand und zog sie mit sich.

»Komm, Susanne, schau dir das Zimmer an. Ein Jungmädchenzimmer ist es nicht, höchstenfalls ein Altjungfernzimmer. Meine ganzen Erinnerungen hängen da an der Wand. Aber du kannst es dir so einrichten, wie du es haben willst, solange du keine Mauern einreißt.«

Burger hob hilflos die Hände, als Hildegard mit Susanne das Zimmer verließ. Nicht einmal Zeit war gewesen, die Koffer auszupacken; sie standen noch dort, wo Hildegard sie hingestellt hatte. Das Auspacken besorgte jetzt energisch die Gmeiner, und zwar so, als ob sie damit alle Unannehmlichkeiten aus der Welt schaffen wollte. Burger war ihr bis zur Schlafzimmertür gefolgt, blieb da stehen und sah ihr bei der Arbeit zu.

»Mich geht es ja nichts an, Margarete, ist deine Verwandtschaft, aber ist es denn so ohne weiteres möglich, einfach die Schule zu wechseln? Ist deine Enkelin, ich weiß, aber interessieren tuts mich doch.«

»Alles, was mich betrifft, betrifft auch dich«, antwortete die Burger. »Nach dem Gesetz ist Susanne volljährig, aber das Gesetz ist total hilflos, wenn du erst mal die Edith kennengelernt hast. So, wie ich die kenne, wird sie bald alle Hebel in Bewegung setzen, damit Susanne zurückkommt. Glaub mir, in ein paar Tagen steht sie auf der Schwelle und schreit: Susanne! Sofort hierher! So, wie andere Leute ihre Hunde zurückpfeifen.«

»Übertreib nicht, Margarete.«

»Übertreiben? Wie ein Sturm wird sie durch unsere Wohnung fegen. Ich habe in meinem Leben selten einen Menschen kennengelernt, der so herrisch ist, so besitzergreifend ... Und ausgerechnet mein Horst mußte auf dieses Weib hereinfallen.«

»Trotzdem muß das Kind einen Wohnungsschlüssel haben. Hast du noch einen dritten? Sonst müssen wir uns beim Schlüsseldienst einen nachmachen lassen.«

»Susanne muß sogar zwei haben: für Hildegards Wohnung auch.«

Am Abend, als sie Hildegard den kleinen Eiffelturm überreicht hatten, war Susanne mit dem Einräumen ihres Zimmers fertig. Richard erschien plötzlich und holte sie ab. Burger betrachtete den jungen Mann von oben bis unten genau.

»Aha, beim kleinsten Rendezvous trägt der Kerl schon vernünftige Klamotten. Richtig menschliche Hosen hast du an.«

Später sagte die Gmeiner: »Das gefällt mir nicht, das mit den beiden.«

»Und? Willst die Susanne in den Glasschrank sperren und die Tür verschließen?« erwiderte Burger. »Soll sie bei uns beiden Alten sitzen oder drüben bei der Hildegard Strümpfe stopfen? Wenn sie hierbleiben will, dann muß sie Anschluß an ihresgleichen finden.«

Seit Susanne bei ihr wohnte, fand Hildegard das Leben wieder richtig schön. Auf einmal hatte sie jemanden um sich, mit dem sie sich unterhalten konnte, denn sie hatte sich bei der Gmeiner ausbedungen, für

Susanne auch zu kochen; das Kind sollte nicht wegen jeder Kleinigkeit zur Oma laufen. Hildegard genoß diesen Zustand. Manchmal redete sie sich sogar ein, Susanne sei ihr Kind. Überhaupt benahm sie sich mustergültig, wie die Burger sagte, spürte zwar deren Sorgen, redete aber nicht davon, drang nicht in die Burger mit lästigen Fragen.

Vom Städtischen Gymnasium, wo sie mit dem Direktor über ihren Schulwechsel gesprochen hatte, brachte Susanne nur gute Nachrichten mit.

»Der Direktor hat gesagt, wenn Vaters schriftliches Einverständnis vorliegt, darf ich hier am Gymnasium mein Abitur machen. Die Unterlagen meiner Kölner Schule müssen auch vorliegen. Was aber am besten ist: Ich darf schon ohne Vaters Einverständnis am Unterricht teilnehmen, damit ich nichts versäume. Ich habe dem Direktor gesagt, wie es steht. Vater werde ich schreiben, er soll herkommen.«

Die Gmeiner forschte im Gesicht ihrer Enkelin, aber da war kein Ton des Bedauerns, kein Ton der Freude. Sachlich abgeleiert hatte sie ihre Sätze.

»Und deine Mutter?« fragte die Gmeiner.

»Die ist natürlich ein Problem.«

Die Burger wußte, daß Susannes Einquartierung bei Hildegard nur ein kurzer Notbehelf sein konnte. Es mußte bald eine andere Lösung gefunden werden. Das Kind zurück nach Köln schicken? Nein, dagegen würde sich auch die Gmeiner wehren. Sie würde mit ihrem Sohn, wenn er auftauchte, offene Worte reden müssen, und zwar rücksichtslos.

Am Sonntagnachmittag spazierte sie mit ihrem Mann über den Friedhof, eingehakt wie immer. Vor einer großen und protzigen Gruft blieb Burger stehen.

»Vielleicht sollten wir uns später verbrennen lassen. Das ist praktischer.«

Die Gmeiner war einen Moment sprachlos.

»Bist du verrückt? Der Tod ist nicht praktisch, der ist endgültig.«

»Ich meine das so, Margarete. Wenn wir beide nicht mehr leben – wer soll dann die Gräber pflegen? Ich habe niemanden mehr. Und dein Horst? Deine Susanne? Horst hat Sorgen, und bei Susanne fängt das Leben erst an. Wer das Leben vor sich hat, den soll man nicht dauernd auf Friedhöfe schicken.«

»Da bin ich ganz anderer Ansicht. Erst recht hinschicken soll man ihn, damit er früh genug begreift, daß das Leben nicht ewig dauert... Verbrennen. Auf die Idee wäre ich nie gekommen. Ich hab immer gedacht, wir lassen uns mal nebeneinander begraben. Es gibt so schöne Plätze auf unserem Friedhof.«

»Nebeneinanderliegen können wir auch in einer Urne als Asche.«

»In einer Urne? Geh weg, das ist nicht dasselbe. Guck dir mal so eine kleine Urne an... Laß uns in den nächsten Tagen bei der Friedhofsverwaltung vorbeigehen und fragen, was ein Doppelgrab kostet. Einfach nur so.«

»Wenn du meinst. Fragen kostet ja nichts.«

Zu Hause wartete Hildegard mit einer Nachricht: Frau Weidlich von der Metzgerei gegenüber sei dagewesen und habe ausgerichtet, der Herr Gmeiner aus Köln habe angerufen, er werde am Dienstag zur frühen Nachmittagszeit kommen. Hildegard habe Susanne noch nichts von diesem Anruf erzählt, das wolle sie der Gretl überlassen. Übrigens sei Susanne mit Richard weggefahren, wohin, das wisse sie nicht.

»Warum denn die Aufregung«, sagte Burger, als er seine Frau wie gelähmt dastehen sah. »Es ist doch die normalste Sache der Welt, daß ein Vater sich um sein Kind kümmert, das von zu Hause fortgelaufen ist. Ich würde es auch tun.«

»Am liebsten möchte ich mich in Luft auflösen«, sagte die Gmeiner.

»Tu das nicht«, erwiderte Hildegard, »dann müßte ich dich ja einatmen.«

»Und warum ist Susanne nicht da? Diese Kinder heutzutage, keine Disziplin.«

»Na, na. Wenn du ihr das sagst«, erwiderte Burger, »dann zieht sie hier auch noch aus. Es gibt Menschen, die überlegen nicht, die handeln einfach. Und meistens richtig.«

Dann sprachen sie lange Zeit kein Wort miteinander, nicht einmal Hildegard wagte ein Wort. Die Burger rieb fortwährend die Hände im Schoß, ihr Mann fummelte an einer Zigarre, von der sich das Deckblatt gelöst hatte.

»Also, ich geh«, sagte Hildegard. »Bei einer Beerdigung ist es lustiger als bei euch.«

Die Gmeiner sah nicht einmal auf, als Hildegard die Wohnung verließ.

»Willst du nichts zu essen kochen?« fragte Burger.

»Wenn ich verzweifelt bin, dann denkst du nur ans Essen. Was bist du doch für ein gefühlskalter Mensch.«

Dennoch ging die Gmeiner in die Küche. Von dort rief sie: »Was habe ich mir da nur an Land gezogen ...«

»Einen Freßsack und Nörgler«, antwortete Burger fröhlich, folgte ihr in die Küche und half, Kartoffeln zu schälen.

»Heute ist Sonntag«, sagte die Burger, »es sind noch zwei Tage, bis Horst kommt. Ob ich wohl einen Kuchen backe? Horst mag so gern meinen Käsestrudel. Schreib doch mal auf einen Zettel, ich muß morgen Quark und Eier einkaufen.«

Susanne, die zum Abendessen gekommen war, verriet keine Regung, als sie hörte, ihr Vater werde am Dienstag kommen. Sie sagte nur: »So?« und aß weiter.

Ihre Großmutter jedoch konnte sich nicht verkneifen zu fragen: »Denkst du, deine Mutter wird mitkommen?«

»Klar, Oma, Mutter würde Vater nie allein fahren lassen in so einer wichtigen Angelegenheit. Du kennst sie doch, die läßt sich einfach einen Tag in der Schule freigeben.«

Die Gmeiner ärgerte sich über den kühlen und sachlichen Ton ihrer Enkelin; Susanne hatte geradezu uninteressiert gesprochen. Übellaunig legte ihre Großmutter das Besteck aus der Hand.

»Am Dienstag werde ich zu Mittag kein Essen kochen, das ist mir zuviel Arbeit. Wer von euch beiden Hunger haben sollte, der kann bei Hildegard anklopfen. Die hat bestimmt was im Topf.«

»Aber Strudel backst du doch?« fragte Burger.

»Auch das muß ich mir noch überlegen«, erwiderte sie und sah auf die Teller der beiden, als wollte sie sagen: Seid ihr immer noch nicht fertig mit dem Essen!

»Der Besuch meiner Eltern scheint dich mehr aufzuregen als mich«, sagte Susanne. »Du hast doch damit überhaupt nichts zu tun. Es geht um mich und nicht um dich.«

»Wieso Eltern? Bis jetzt weiß ich nur, daß dein Vater kommt. Und weshalb habe ich nichts damit zu tun? Schließlich findet der Besuch in meiner Wohnung statt.«

»In unserer«, rief Burger.

»Mein Gott, da fällt mir ein, das Namensschild an

der Haustür und das an der Wohnungstür haben wir noch nicht ausgewechselt. Da steht immer noch Gmeiner und nicht Burger. Ich meine, wenn wir jetzt Burger draufschreiben, dann weiß der Horst gleich, daß ich nicht mehr Gmeiner heiße.«

»Mein Vater denkt höchstens, du wohnst nicht mehr hier, und klingelt bei Hildegard und fragt, wo du hingezogen bist.«

»Da hat Susanne recht«, sagte Burger.

»Halt du dich da raus. Das ist meine Verwandtschaft und nicht deine. Ich misch mich bei dir auch nicht ein. Hab ich noch nie gemacht bei deiner Verwandtschaft.«

»Kunststück«, sagte Burger. »Wo nichts ist, da hat der Kaiser sein Recht verloren.«

Die Tage bis Dienstag wurden der Burger zur Ewigkeit. Nachts wälzte sie sich schweißnaß im Bett oder stand auf und wanderte durch die Wohnung; in der Nacht von Montag auf Dienstag schluckte sie, was sie seit Jahren nicht mehr getan hatte, eine Schlaftablette. Am Morgen mußte ihr Mann sie wachrütteln. Im Morgenmantel und mit mürrischem Gesicht aß die Burger ihr Frühstück. Nach dem Frühstück lief sie zu beklemmender Emsigkeit auf: Was längst zurechtgelegt worden war, wurde noch einmal zurechtgelegt. Das Geschirr spülte sie besonders gründlich, als würde es später von jemandem kontrolliert werden. Sie legte frischgewaschene Tischdecken auf und

Schondeckchen auf Couch und Sessel, Zierdeckchen auf Kommode und Fernsehapparat.

»So, jetzt können sie kommen. Du ziehst deinen besten Anzug an und bindest die Krawatte um, die wir in Paris gekauft haben.«

Susanne hatte zur Mittagszeit kurz hereingeschaut in die Wohnung ihrer Großmutter und gesagt, sie fahre mit Richard zu dessen Freunden nach Dortmund, aber sie werde pünktlich zurück sein, wenn ihre Eltern aufkreuzen.

Hildegard hatte sich den ganzen Vormittag nicht sehen lassen.

»Setz dich doch endlich«, sagte Burger, »dein Herumgelaufe macht mich nervös. Kümmere dich lieber um den Kaffee und um den Kuchen.«

»Das ist mal wieder typisch für dich. Während ich vor Aufregung sterbe, denkst du nur ans Essen. Vielleicht hätten wir doch noch das Namensschild an der Haustür auswechseln sollen, dann wüßte Horst sofort, daß wir verheiratet sind.«

Die Gmeiner sah aus dem Fenster und erschrak. Tonlos sagte sie: »Er kommt. Er ist schon da. Er steigt aus dem Auto. Die Edith ist auch dabei.«

Als die Glocke anschlug, stürzte sie zum Knopf des elektrischen Türöffners. Eine Minute später standen Horst und Edith in der Wohnung.

»Tag, Mutter«, sagte Horst.

Edith nickte nur leicht; die beiden Frauen gaben sich nicht die Hand. Burger war aufgestanden und verbeugte sich förmlich vor Edith. Die sah über den alten Mann hinweg.

»Susanne nicht da?« fragte sie.

»Setzt euch erst mal. Der Kuchen ist fertig, es gibt Quarkstrudel, den ißt der Horst so gern. Der Kaffee muß nur noch gefiltert werden ... Susanne ist weggefahren.«

»Weggefahren?« rief Edith. »Aber sie weiß doch, daß wir kommen.«

»Jaja, weiß sie«, sagte Burger. »Wir warten auch schon eine Stunde auf sie.«

Edith zog die Augenbrauen hoch und musterte, als nehme sie ihn erst jetzt wahr, ungeniert den Alten von oben bis unten. Dann setzte sie sich auf die Kante des Sessels, schlug die langen Beine übereinander und spielte an einem Seidentuch, das lose um ihren Hals geknotet war. Burger betrachtete sie wohlgefällig. Donnerwetter, dachte er, das Kostüm hat ein Künstler gemacht.

»Der Kaffee ist gleich fertig«, sagte die Gmeiner. »Wie war denn die Fahrt? Gabs Stauungen? Susanne hat gesagt, sie wird pünktlich da sein.«

»Sie ist mit Richard weggefahren«, sagte Burger.

»Wer ist Richard?« fragte Edith.

»Er arbeitet im Altersheim«, antwortete Burger. »Früher, als ich noch allein wohnte, hat er mich betreut und mir das Essen gebracht. Er ist Wehrdienstverweigerer.«

»Mutter«, sagte Horst, »reden wir nicht drumrum. Du weißt ja, warum wir gekommen sind. Was ich dazu sagen will –«

»Das wollen wir doch lieber unter uns regeln«, unterbrach ihn Edith und sah Burger herausfordernd an. »Sie verstehen uns doch richtig ... Wie war noch Ihr Name?«

»Burger, Frau Gmeiner. Burger heiße ich.«

»Nun gut, Herr Burger, wir wollen diese Angelegenheit unter uns erledigen. Es sind Familienangelegenheiten. Sie verstehen doch, was ich sagen möchte.«

»Aber klar verstehe ich«, erwiderte Burger.

Er genoß das Versteckspiel, saß mit gefalteten Händen auf der Couch, lächelte Edith gewinnend an und weigerte sich, den Blicken seiner Frau zu begegnen. Er wollte ihr nicht aus der Klemme helfen, weder mit Worten noch mit Gesten.

»Also«, sagte die Gmeiner endlich, »das ist nämlich so. Wir haben noch keine Zeit gehabt, das Namensschild an der Haustür auszuwechseln, da muß nämlich jetzt Burger stehen und nicht Gmeiner, weil ich jetzt auch Burger heiße. Wolfgang ist mein Mann. Ich wollte euch alles schreiben, aber dann sind wir kopfüber nach Paris gefahren.«

»Zum Eiffelturm«, sagte Burger.

Im Wohnzimmer war es zum Fürchten still geworden. Die Gmeiner, die den Kaffeetisch mit ihrem besten Porzellan gedeckt hatte, fingerte nervös an Gabeln und Löffeln, ohne dabei jemanden anzusehen; dann erhob sich Edith langsam. Sie sah ihren Mann direkt an, während sie genüßlich sagte: »Verheiratet? Hast du gehört, Horst? Verheiratet.«

»Du hast wieder geheiratet, Mutter?« fragte Horst.

Die Burger setzte sich neben ihren Mann auf die Couch. Als wolle er ihr Mut zusprechen, nahm er gleich ihre Hände und drückte sie kurz.

»Nun eßt doch ... Vielleicht ist mir der Strudel nicht so geraten wie sonst ...«

»Geheiratet«, sagte Edith noch einmal und lachte. »So was. Still und heimlich. Wie romantisch. Händchenhaltend auf dem Eiffelturm.«

»Können Sie mir bitte sagen, was es da zu lachen gibt, wenn zwei Menschen heiraten?« fragte Burger.

»Weil ich es komisch finde«, erwiderte Edith. »Großmutter heiratet Großvater. Daß ich nicht lache.«

»Nun eßt doch endlich«, sagte die Gmeiner. »Hauptsache, es schmeckt. Der Kuchen ist mir nicht so geraten wie sonst, das liegt entweder am Quark oder an der Butter, kann auch sein, daß die Hitze im Ofen für einen Moment zu niedrig war.«

»Herr Burger«, sagte Horst, »meine Frau meint das nicht so, wir sind nur ziemlich überrascht. Man hätte uns ja informieren können. Wie stehen wir jetzt da ...«

»Wie der Ochs vorm Berg«, fügte Edith hinzu.

»Hast du mir eigentlich damals gesagt, daß du heiraten willst?« fragte die Gmeiner ihren Sohn. »Ein Telegramm habe ich gekriegt aus Amerika, auf englisch. Dein früherer Lehrer hat es mir übersetzen müssen, damit ich wußte, was drinstand.«

»Aber, Mutter, nun wärm doch nicht wieder die Suppe von vorgestern auf. Das war doch was ganz anderes.«

»Ich weiß, Horst. Wenn zwei dasselbe tun, ist es für dich noch lange nicht dasselbe.«

In diesem Augenblick flog die Tür auf, und Susanne stürmte herein. Sie warf ihren Schal achtlos in eine Ecke, setzte sich an den Tisch und nahm sich ein Stück Kuchen, und erst, als sie die ersten Bissen gegessen hatte, sagte sie mit vollem Mund: »Hallo, ihr beide. Schon da?«

Richard war ihr zögernd gefolgt. Mitten im Zimmer blieb er unsicher stehen und setzte sich erst an den Tisch, als Burger eine einladende Handbewegung machte.

»Tag, Mama. Tag, Papa. Ich habe vielleicht einen Hunger. Oma, ist genug Strudel da?«

Edith stemmte die Hände in die Hüften. Ihre Augen glänzten gefährlich; es war mehr ein Zischen als ein Sprechen, als sie ihre Tochter anherrschte: »Mehr hast du wohl nicht zu sagen? Kommst hier rein und stürzt dich über den Kuchen.«

»Na und? Weil ich Hunger habe. Oma hat nämlich zu Mittag nicht gekocht und Tante Hildegard auch nicht, und wir beide hatten nicht genug Geld mit, um uns unterwegs was kaufen zu können.«

»Ich geh lieber, der Wind ist mir hier zu steif«, sagte Richard und stand wieder auf.

»Ist auch besser, junger Mann«, rief ihm Edith nach. Und zu ihrer Tochter sagte sie: »Als ob nichts gewesen wäre, sitzt du hier rum und mampfst dir den Kuchen rein. Merk dir, noch bestimmen wir über dich, damit das einfürallemal klar ist.«

Susanne sah ihre Mutter wie eine Fremde an, während sie sich wieder ein Stück Strudel auf den Teller legte.

»Willst du mal mein Zimmer sehen? Nicht hier. Drüben, bei Tante Hildegard. Ist nur halb so groß wie mein Arbeitszimmer zu Hause, aber ganz putzig!«

»Hör auf, diese Frau ist nicht deine Tante, damit das klar ist.«

»Hör mal, Susanne«, sagte Horst, »nun sei doch vernünftig. Jedem Menschen kann mal das Ventil durchgehen – aber jetzt hier, du bei alten Leuten, das ist doch kein Zustand.«

Burger war bei dem Wort »Zustand« zusammengezuckt und wurde steif.

»Was hast du gesagt? Kein Zustand? Immer noch bist du mein Sohn«, sagte die Gmeiner, »und bleibst es auch, ob du willst oder nicht. Beleidigen lasse ich mich nicht von Fremden, geschweige denn von dir. Ich bin kein Zustand.«

»Bringt erst mal euren Zustand in Ordnung«, rief Susanne.

»Aber, Mutter, so war es doch nicht gemeint«, rief Horst.

»Aber gesagt.«

Edith machte eine wie abschließende Handbewegung: »Los, Susanne, pack deine Sachen, wir fahren.«

Susanne hatte sich an die Wand gelehnt mit auf dem Rücken verschränkten Armen und sah durch ihre Mutter hindurch. Die Gmeiner war plötzlich bange; Susanne hatte denselben Blick wie ihre Mutter.

»Wenn ihr gekommen seid, um mich nach Hause zu holen, dann hättet ihr euch den Weg sparen können. Damit das klar ist: Ich bleibe hier, ich habe mich am hiesigen Gymnasium angemeldet. Und, Vater, ich habe absolut nichts dagegen, wenn mal ein Ventil durchhaut – aber doch nicht jeden Tag wie bei euch, und das schon seit meiner Konfirmation.«

»Susanne, so spricht man nicht mit seinen Eltern.«

»Oma, misch dich nicht ein. Du solltest mal hören, wie meine lieben Eltern mit mir sprechen und wie sie miteinander sprechen. Das kann ich dir gar nicht erzählen, sonst wirst du noch rot auf deine alten Tage.«

»Verdammt noch mal«, rief Edith und stampfte mit dem Fuß auf, »kann man hier nicht vernünftig reden, mit Susanne allein? Wo sind wir denn eigentlich?«

»In der Wohnung deiner Schwiegermutter«, erwiderte Susanne.

»Halt den Mund und pack deine Sachen! Ich mach dieses Affentheater nicht mehr mit!«

Burger war während dieses Auftritts neben Edith getreten; nun zog er sie sanft am Arm zu sich herum. Mit unterdrückter Erregung sagte er: »Wir haben es nicht nötig, uns von Ihnen beleidigen zu lassen. Verlassen Sie unsere Wohnung. Bitte sofort.«

Verblüfft sah Edith den alten Mann an.

»Sie wollen uns rausschmeißen?«

»Nein, dazu habe ich nicht mehr die körperliche Kraft. Ich habe Sie nur gebeten, unsere Wohnung zu verlassen.«

Edith drehte dem alten Mann den Rücken zu und sagte, nun ruhiger: »Susanne, das letzte Mal: Pack deine Sachen.«

Burger hatte langsam die Wohnungstür geöffnet; die Gmeiner wies mit der rechten Hand auf den Hausflur.

»Es ist wohl besser, ihr geht, Edith. Es gibt genug Gasthäuser in der Stadt, da könnt ihr euch meinetwegen bis morgen früh streiten.«

Ungläubig sah Edith ihre Schwiegermutter an. Dann packte sie ihren Mann am Arm und sagte fast tonlos: »Hast du das gehört. Deine Mutter wirft uns raus. Das ist ja wohl der Gipfel. Ach was, mein Vater hat schon recht gehabt damals. Mit diesen Leuten darf man sich nicht einlassen.«

Mit ihrem Mann am Arm schritt sie an ihrer Schwiegermutter vorbei in den Hausflur und die Treppen hinunter zur Haustür. Susanne war an ihrem Platz geblieben, ohne sich zu rühren. Die Burger bemerkte plötzlich mit Schrecken, daß sich ihr Mann, der sich wieder auf die Couch gesetzt hatte, an die linke Brust faßte und nach Atem rang. Sie lief zu ihm, bettete ihn mit Susannes Hilfe auf die Couch und öffnete Krawatte und Hemdkragen. Burger keuchte schwer, in Tönen, wie die Gmeiner sie noch nicht gehört hatte.

»Um Gottes willen«, rief sie, »er hat einen Anfall. Lauf zur Telefonzelle oder rüber in die Metzgerei und ruf den Notarzt, Susanne!«

Am Nachmittag des folgenden Tages konnte die Burger ihren Mann zum ersten Mal im Krankenhaus besuchen. Eingefallen lag er in seinem Kissen, zerbrechlich, die Haut wie durchsichtig; die Burger wandte sich ab, um ihr Erschrecken zu verbergen. Dann lächelte sie ihrem Mann tapfer zu, stellte einen Stuhl neben sein Bett, setzte sich, nahm seine rechte Hand und drückte sie leicht. Burger erwiderte ihren Druck nicht, seine Hand war ohne Kraft. Mit Mühe sagte er: »Ich krieg immer nur Tee.«

»Wenn du wieder zu Hause bist, kriegst du eine Flasche Bier. Aber nur eine.«

Im Nebenbett röchelte ein uralter Mann, dessen

Augen dunklen Höhlen glichen; ein anderer Mann hüstelte ohne Unterlaß. Burger deutete mit dem Kinn zu den Betten.

»Mit denen kannst nicht reden. Die sind schon gar nicht mehr auf dieser Welt.«

Dann schwiegen beide. Einmal sah die Schwester herein und lächelte Burger an, sagte aber nichts.

»Es ist gut, daß du Susanne nicht mitgebracht hast«, sagte Burger, und das Sprechen fiel ihm schwer. »So ein junges Ding könnte einen Schreck kriegen, wenn es in einem Zimmer nur halbe Leichen antrifft. Es war gestern ein wenig viel für mich ... Und jetzt? Wie geht es weiter?«

»Du wirst es nicht für möglich halten, aber Horst ist heute früh beim Direktor in der Schule gewesen und hat erst mal mündlich sein Einverständnis erklärt ... Edith ist gestern schon mit dem Zug zurück nach Köln gefahren. Das hat Susanne erzählt, wie sie mittags aus der Schule gekommen ist. Sie kann also hier aufs Gymnasium gehen. Das schriftliche Einverständnis reicht er nach.«

»Wenigstens ein Vernünftiger in der Familie ... Aber Edith ist nicht bösartig, nein, das glaube ich nicht. Vielleicht ist sie nur unglücklich, vielleicht will sie sich überhaupt nicht scheiden lassen, vielleicht raufen die beiden so lange, bis sie müde sind, und dann gehts weiter.«

»Mir ist das jetzt egal. Aber wenn es so sein sollte, wie du sagst – weißt, meine Mutter hat immer zu mir gesagt: Gekittetes Porzellan ist allemal noch zerbrochenes Porzellan.«

»Das muß aber schon lange her sein.«

»Ja, es ist sehr lange her«, antwortete die Burger ernsthaft.

In den folgenden Tagen besuchte sie ihren Mann jeden Morgen für eine halbe und jeden Abend für eine Stunde. Eines Abends lag Burger allein im Krankenzimmer. Auf den fragenden Blick seiner Frau sagte er: »Ach, weißt du, einmal muß es ja doch sein. Der eine, der immer so schrecklich gehustet hat, war schon über fünfundachtzig. Aber mich müssen sie jetzt bald rauslassen, sonst komme ich den beiden hinterher.«

Als die Gmeiner nach Hause kam, saß ihr Sohn auf der Couch und nickte ihr zu, während sie eintrat.

»Mutter«, sagte er, »laß uns endlich mal vernünftig miteinander reden.«

»Vernünftig reden? Dann fang schon mal an. Ich bin gespannt, was du unter vernünftig verstehst.«

»Susanne kann doch nicht ewig hierbleiben.«

»Ewig nicht, das stimmt. Erstens leben wir nicht ewig, und zweitens will Susanne nicht ewig hier bleiben.«

»Ich will Susanne bei mir haben, egal, ob wir nun geschieden werden oder nicht.«

Erst später wurde der Gmeiner bewußt, daß sie an diesem Tag die längste Rede ihres Lebens gehalten hatte. Mit fester Stimme sagte sie: »So, bei dir haben.

Du meinst besitzen. Wie man ein Auto oder ein Haus besitzt. Ich will dir mal was sagen, mein Junge: Du hast im Leben immer deine Hand aufgehalten, und ich habe gegeben. Es steht nirgendwo geschrieben, daß Mütter immer geben müssen und Kinder immer nehmen dürfen. Wir, dein Vater und ich, haben im Leben keinen Tag Urlaub gemacht, wir haben immer gespart, Pfennig zu Pfennig gelegt. Nicht für ein Haus, nicht für ein Vergnügen – nein, für dich, für deine Ausbildung, für deine vielen Reisen, weil wir der Meinung waren, und ich bin es heute noch, daß die beste Ausbildung auch das beste Kapital ist. Du hast genommen, alles war für dich selbstverständlich. Jetzt kann ich nicht mehr geben, jetzt will ich nicht mehr geben, jetzt will ich auch mal haben, noch ein paar schöne Jahre. Und wenn Susanne bleiben will, bitte, sie muß wissen, was sie tut. Sie sollte man mal fragen, ich habe sie schließlich nicht hergerufen. Vielleicht will sie nicht in deinem großfressigen Haus wohnen, das ist dir doch um etliche Nummern zu groß geraten. Horst, ich habe dich immer so erzogen, daß man über den eigenen Tellerrand hinaussehen muß, daß man aber nicht unbedingt haben muß, was draußen zu sehen ist.«

»Hör doch mit deinen Predigten auf. Edith ist krank, sie ist sogar sehr krank.«

Die Gmeiner lachte, frei und herzlich.

»Mein Junge, das war sie doch immer, wenn es nicht nach ihrem Kopf gegangen ist, wenn sie ihren

Willen nicht bekommen hat. Dann litt sie fürchterlich. Na und? Soll ich sie vielleicht pflegen? Soll ich nach Köln kommen? Ein halbes Jahr habe ich im Bett gelegen nach dem Tod deines Vaters, und ich wußte nicht, ob ich je wieder aufstehen kann. Wenn Hildegard nicht gewesen wäre, die mich bis zum Umfallen gepflegt hat, wäre ich wirklich nicht mehr aufgestanden. Und wo war mein Herr Sohn? Wo war meine Schwiegertochter? Erst seid ihr auf einer Insel gewesen im Indischen Ozean und habt euch bräunen lassen und mir bunte Ansichtskarten geschickt. Dann fuhr mein Herr Sohn für drei Monate nach Amerika zu beruflichen Wettbewerben. Edith hat mir in Susannes Briefen gute Besserung wünschen lassen, und als du zurückgekommen bist, hast du mich sechs Wochen später erst besucht und mir ein Stofftier mitgebracht – etwas typisch Amerikanisches, hast du gesagt. Hildegards Hund, Gott hab ihn selig, hat das Stofftier zerfetzt und aufgefressen und dann drei Tage gekotzt. Ja, etwas typisch Amerikanisches. Laß du mich jetzt bitte mit deinen Sorgen in Ruhe. Ich habe einen kranken Mann und will, ob er nun wieder gesund wird oder nicht, noch ein paar Jahre leben. Ich will mir noch ein paar schöne Jahre machen, bis ich deinem Vater folge. Der hat bis spät in die Nacht Schuhe repariert, damit sein Sohn eine solide Ausbildung bekommt, damit er durch die ganze Welt reisen kann.«

»Mutter, was sollen diese Vorwürfe … Wie soll

ich Edith unter die Augen treten ohne Susanne, ohne einen Lösungsvorschlag oder wenigstens einen Kompromiß.«

»Du hast bei mir immer deine Wehwehchen abladen dürfen. Such dir jetzt einen anderen Abladeplatz, meiner ist voll ... Junge, fang noch mal von vorne an. Du bist dafür nicht zu alt, und gute Fachleute braucht man immer.«

»Edith wird Susanne bis ans Ende der Welt verfolgen, du kennst sie doch.«

»Ach, Edith, immer nur Edith. Für die ist Susanne doch nur ein Spielzeug, weiter nichts. Ein Schmuckstück, ein Fingerring. Edith hat mal hier – nein, das war noch in der alten Wohnung – ihren Fingerring verloren. Mein Gott, war das ein Theater. Sie hat mich und deinen Vater angesehen, als hätten wir den Ring gestohlen. Auf Knien ist sie durch die Wohnung gerutscht. Ich habe sie zum ersten und zum letzten Mal auf Knien rutschen sehen, den Anblick vergeß ich nie. Der Ring war dann in ihrer Handtasche.«

Die Gmeiner lachte vor sich hin. Nun hatte sie endlich gesagt, was schon vor Jahren hätte gesagt werden müssen und nur um des lieben Friedens willen nicht ausgesprochen worden war. Schweigen war nicht die Lösung gewesen, es hatte keinen Frieden gebracht. Auf einmal hatte die Gmeiner Mitleid mit ihrem Sohn, aber sie weigerte sich, ihm abermals Brücken zu bauen. Er war erwachsen, er war ein guter Architekt; nun sollte er etwas entwerfen und ausführen, was nicht nur auf Zeichenpapier stand.

Horst fuhr nach Köln zurück, ohne Susanne noch einmal gesprochen zu haben. Die Gmeiner sah ihm vom Fenster aus nicht nach, was sie früher immer getan hatte; sie blieb auf ihrem Stuhl sitzen.

Zehn Tage später durfte Burger das Krankenhaus verlassen. Er war noch unsicher auf den Beinen und freute sich, als er Richard vor dem Portal warten sah.

»Du mußt dir mal ein neues Auto kaufen. Für deine Klappermühle bin ich zu alt, da verbieg ich mir die Beine.«

»Kaufen Sie mir einen neuen Wagen, Herr Burger?«

»Natürlich, wenn ich tot bin.«

»Auwei, da muß ich aber noch lange warten.«

»Inzwischen kannst du dich ja ein bißchen pflegen. Deine Haare brauchen eine Schere, die Hosen einen Schneider und die Fingernägel eine Bürste. So nimmt dich kein Mensch, nicht mal Susanne.«

Zu Hause erwartete Burger ein festlich gedeckter Tisch: Zwischen zwei Tortenplatten stand ein roter Nelkenstrauß, die Gmeiner hatte ihr bestes Porzellan aufgelegt, einen Käsesahnekuchen und eine Obsttorte gebacken, der Duft frisch aufgebrühten Kaffees füllte das Wohnzimmer.

»Warum bist du nicht mit zum Krankenhaus gekommen, um mich abzuholen?« fragte Burger mit gespielter Strenge.

»Und wer hätte den Kuchen gebacken? Wer hätte den Tisch gedeckt? Setz dich erst mal, und herzlich willkommen ... Richard, Sie brauchen nicht zu gehen, Sie können mit uns Kaffee trinken, und Kuchen ist genug da.«

»Besten Dank, aber ich muß gleich ins Heim zurück. Die warten auf mich, ich habe nämlich nicht gesagt, daß ich Ihren Mann vom Krankenhaus abhole. Na dann, bis später mal wieder.«

Als Richard gegangen war, setzte sich die Gmeiner neben ihren Mann und drückte einmal kurz seine Hände. Er nickte ihr zufrieden zu. Es war ihm anzusehen, daß er froh war, wieder zu Hause zu sein. Die Gmeiner bediente ihn, goß ihm Kaffee ein und legte ihm ein Stück Käsesahne auf den Kuchenteller. Dann lief sie, als hätte sie etwas vergessen, zum Küchenschrank und brachte eine Flasche Kognak und ein Glas. Burger sah verwundert zu, wie sie nur ganz wenig Kognak in das Glas kippte.

»Ist das für mich?« fragte er. »Tatsächlich? Das ist lieb von dir – aber warum nimmst du eigentlich ein Glas? Ein Fingerhut hätte es auch getan.«

»Nörgel jetzt nicht, trink! Ich möchte dich schließlich noch ein paar Jahre haben. Jedes Glas mehr ist ein Tag Leben weniger, sagt Hildegard. Und die muß es wissen, die war schließlich mit einem Säufer verheiratet.«

»Hildegard, Hildegard ... Du hörst doch sonst nicht auf sie ... Und gedeckt hast du auch nicht für deine Freundin. Warum eigentlich nicht? Ist sie vielleicht nicht da?«

»Ich dachte mir, wir sollten erst mal allein Wiedersehen feiern.«

»Komm, Margarete, sei nicht kindisch, wir zwei alten Dampfer. Klingle an bei ihr, hol sie. Die bringt sich doch sonst um vor Neugierde. Lach nicht, die bringt das fertig, bloß um dich zu ärgern.«

Kurze Zeit später saß sie schon mit einer solchen Selbstverständlichkeit neben Burger, als sei das ihr Stammplatz, aber sie stellte zu beider Verwunderung keine Fragen. Sie blieb einsilbig, aß langsam, wie lustlos, und trank ihren Kaffee, ohne wie gewohnt laut zu schlürfen.

Endlich sagte sie: »Schön, daß du wieder da bist, Wolfgang. Ich hatte dich schon vermißt, so habe ich mich an dich gewöhnt. Ins Krankenhaus durfte ich ja nicht, Gretl hat dich bewacht wie ein bissiger Hund ... Und weil du jetzt wieder da bist, könntest du mir eigentlich meinen Übergangsmantel kürzen und ein neues Futter einnähen. Ich habe es schon gekauft.«

»Das kommt überhaupt nicht in Frage«, unterbrach sie die Gmeiner, »das schlag dir ein für allemal aus dem Kopf. Wolfgang wird die Finger von der Schneiderei lassen, damit du das weißt.«

»Und warum steht die Nähmaschine in der Ecke?

Zum Anschauen oder als Staubfänger? Verkauft doch die Maschine, wenn Wolfgang nicht mehr nähen darf.«

»Natürlich darf er nähen, aber nur zum Hausgebrauch, für uns und nicht für andere Leute.«

»So ist das also. Ich bin andere Leute, das muß ich mir sagen lassen. Nach so vielen Jahren muß ich mir sagen lassen, daß ich zu den anderen Leuten gehöre. Na danke, ich geh.«

»Du bleibst hier!« rief die Gmeiner. Versöhnlich fügte sie hinzu: »Wolfgang braucht Ruhe, er darf nicht mehr so viel arbeiten.«

»Ruhe? Also, Gretl, da bin ich ganz anderer Ansicht. Er braucht Arbeit. Wenn er was zu tun hat, hat er keine Zeit, an sein Herz zu denken. Oder soll er vielleicht jeden Tag in die Kneipe gehen und mit den andern sabbern?«

»Da hat die Hildegard gar nicht so unrecht«, sagte Burger.

Er stand auf und hob den Deckel von der Nähmaschine. Liebevoll strich er darüber.

»Bring den Mantel. Ich werde probieren, ob ich noch nähen kann.«

Hildegard lief in ihre Wohnung, kam atemlos zurück mit Mantel und Futter und legte alles in Burgers Arme.

»Siehst du, Gretl, wie er strahlt? Wolfgang braucht Arbeit und nicht deine ewige Pflegerei. Würdest ihn ja am liebsten in Watte packen ...«

Die Gmeiner wollte Hildegard zurechtweisen, aber sie schnaufte nur hörbar, ließ ihren Mann gewähren und schielte ab und zu in Richtung Nähmaschine. Sie sagte auch nichts, als sich Hildegard wieder an den Tisch setzte und mit sichtlichem Appetit ein zweites und noch ein drittes Stück Kuchen aß.

»Dein Kuchen schmeckt eben doch am besten. Käsesahne kannst nur du so gut machen, sonst kein Mensch. Und dein Kaffee ist heute wieder mal einsame Spitze.«

»Nähen kann er ja noch«, erwiderte die Gmeiner, »aber ob er sich auch schon traut, heute mit mir auf den Friedhof zu laufen? Ich war nicht mehr dort, seit du ins Krankenhaus gekommen bist. Kommst du mit, Hildegard? Ein Spaziergang würde dir bestimmt nicht schaden – nach der Kuchenmenge, die du reingemampft hast.«

»Friedhof?« rief Hildegard. »Da komm ich noch früh genug hin. Du bist ja friedhofskrank, jawohl, das bist du. Hättest du das mal so gemacht wie ich damals: keine Bepflanzung, Granitplatte drauf, Schluß, Klappe zu, und ich hatte meine Ruhe. Wo gibts denn so was, jeden Tag Blumen gießen. Mein Alter mochte sowieso keine Blumen, und Wasser hat er gehaßt. Bei ihm hätte sich Gießen nur gelohnt, wenn ich Schnaps genommen hätte.«

Hildegard erhob sich resolut und lief zur Tür.

»Wo gehst denn hin?« fragte die Gmeiner.

»Warum bleibst denn nicht sitzen, vielleicht gehen wir gar nicht zum Friedhof.«

»Ich gehe zu meiner lieben Schwägerin, die freut sich immer, wenn sie mich sieht, weil sie mir dann Kaffee machen oder einen Schnaps anbieten muß. Aber ich bring meinen eigenen Kaffee mit, dann ärgert sie sich noch mehr, das raffgierige Luder. Die verhungert mal und hat einen ganzen Schinken im Maul.«

Als Hildegard gegangen war, lachte Burger hinter ihr her.

»Du meine Güte«, sagte er, »wenn die mal stirbt, muß man ihr Mundwerk extra begraben.«

»Wenn sie das Mundwerk nicht gehabt hätte, hätte sie ihren Alten nie aus der Kneipe gekriegt«, erwiderte die Gmeiner. »Mein Gott, war das ein Nichtsnutz, zu nichts hat er es gebracht. Jetzt sitzt Hildegard da mit ihrer kleinen Rente ... Wie geht deine Arbeit?«

»Ganz gut, ich habe nichts verlernt. Die Finger sind steifer geworden – aber sonst, alles wie geschmiert. Hildegard hat recht: Rumsitzen taugt nichts.«

»Unser Wohnzimmer ist keine Schneiderei, damit du es weißt. Ich dulde hier keine Werkstatt.«

»Die ist doch nur für uns und für die nächsten Freunde ...«

»Das kenn ich, wie das läuft: dann gleich für die neuen Nachbarn und noch für deine alten Nachbarn, für die alten Freunde und für die neuen Freunde ... Ich kenn das, ich war mit einem Schuster verheiratet.«

»Schusterei macht aber Dreck.«

»Und deine Schneiderei macht Staub, das ist noch viel schlimmer. Überall fliegen die Fusseln rum.«

»Aber es macht wieder Spaß«, sagte Burger.

Die Frau war hinter ihn getreten, sah ihm bei der Arbeit zu und fühlte das Futter zwischen den Fingern, das Hildegard gebracht hatte.

»Beste Qualität ist es nicht.«

»Der Mantel ja auch nicht«, erwiderte der Mann. »Aber ich werde ihn so zurechtschneidern, daß Hildegard glauben muß, es ist ein neuer.«

»Na, darauf bin ich neugierig«, rief die Frau und räumte das Kaffeegeschirr in die Spüle.

Luchterhand Literaturverlag

Max von der Grün

im Luchterhand Literaturverlag

Irrlicht und Feuer
Roman
Luchterhand Bibliothek
288 Seiten. Gebunden

Die Lawine
Roman. SL 733

Männer in zweifacher Nacht
Roman. SL 293

Späte Liebe
Erzählung. SL 449

Springflut
Roman
368 Seiten. Gebunden
Aussiedler strömen ins Ruhrgebiet. Bei seinen Recherchen wird der Journalist Thomas Koch bedroht und in einen Mord verwickelt. Max von der Grün hat einen höchst aktuellen, spannenden Roman geschrieben.
»Wie Max von der Grün in seinem neuen ›Revier-Krimi‹ die Handlungsfäden knüpft, wie er Spannungsbögen fast in Hitchcock-Manier entwickelt, das verdient uneingeschränkte Anerkennung.«
Westdeutsche Allgemeine Zeitung

Stellenweise Glatteis
Roman. SL 181

Wie war das eigentlich?
Kindheit und Jugend im Dritten Reich. Mit 40 Abbildungen.
SL 345
»Das Buch sollte wegen seines redlichen und gerechten Bemühens um die Wahrheit über das ›Tausendjährige Reich‹ zur Pflichtlektüre im Geschichtsunterricht werden.«
Süddeutsche Zeitung

Zwei Briefe an Pospischiel
Roman. SL 155

Max von der Grün
Texte, Daten, Bilder
Hg. von Stephan Reinhardt
SL 931. Originalausgabe

Heitere Geschichten im dtv großdruck

Curt Goetz:
Die Memoiren des Peterhans von Binningen
dtv 25006

Max von der Grün:
Späte Liebe
Erzählung
dtv 25061

Erich Kästner:
Drei Männer im Schnee
dtv 25048

Amei-Angelika Müller:
Pfarrers Kinder, Müllers Vieh
Memoiren einer unvollkommenen Pfarrfrau
dtv 25011

Una Troy:
Ein Sack voll Gold
Roman
dtv 25002
Mutter macht Geschichten
Roman
dtv 25003
Die Pforte zum Himmelreich
Heiterer Roman
dtv 25052

Satire und Humor im dtv großdruck

Heinrich Böll:
Nicht nur zur Weihnachtszeit
Satiren · dtv 2575

Christine Nöstlinger:
Haushaltsschnecken
leben länger
dtv 25030

Der Papalagi
Die Reden des
Südseehäuptlings Tuiavii
aus Tiavea
dtv 25062

Herbert Rosendorfer:
Briefe in die chinesische
Vergangenheit
Roman · dtv 25044

Hans Scheibner:
Der Weihnachtsmann in Nöten
Satiren · dtv 25036

Friedrich Torberg:
Die Tante Jolesch
oder
Der Untergang des
Abendlandes in Anekdoten
dtv 25021
Die Erben der Tante Jolesch
dtv 25038